王妃になる予定でしたが、
偽聖女の汚名を着せられたので
逃亡したら、
皇太子に溺愛されました。
3
そちらもどうぞお幸せに。

Contents

王妃になる予定でしたが、偽聖女の汚名を着せられたので逃亡したら、皇太子に溺愛されました。

そちらもどうぞお幸せに。

3

糸加

イラスト
はま

ルードルフ・リュディガー・エーベルバイン
ゾマー帝国の皇太子。エルヴィラの危機を救うために奮闘し、後に妻として迎える。あらゆることをスマートにこなすが、エルヴィラが好きすぎるために少々過保護気味。
エルマ
エルヴィラのメイド。明るく元気な性格で、エルヴィラに仕えることで幸せを感じている。
エルヴィラ・ヴォダ・エーベルバイン
聖女候補かつトゥルク王国の若き王の婚約者だったが、突然偽聖女の汚名を着せられて婚約破棄される。隣国ゾマー帝国の皇太子妃として、初めて参加する聖誕祭の準備に張り切っている。
主な登場人物

デリア・カーラー
聖誕祭当日に存在が明らかになったゾマー帝国の新聖女。神秘的な魅力を持っている。
レオナ・ファラート
側妃候補の伯爵令嬢。帝国で大切な行事でもある聖誕祭で雑用係に任命され、何かとエルヴィラに付きまとう。
ギルベルト・オイゲン・ショール
帝国でも有名な大商会の若き代表。聖女信仰の敬虔な信者で、エルヴィラを深く信奉している。

プロローグ　新聖女現る？

その知らせは、あと少しで聖誕祭が終わるというそのときに、飛び込んできました。

「東部に新しい聖女様が現れました！」

宮廷からの使者が慌《あわ》てたように、わたくしとルードルフ様に告げます。

「数日中には、帝都に到着するとのことです」

「何を言っている！　聖女はエルヴィラだ！」

ルードルフ様が苛立ったように使者に詰め寄りました。

「も、もちろんでございます！　で、ですが」

「ルードルフ様」

わたくしはルードルフ様に向かって首を振ります。

「まずは陛下のところに伺《うかが》いましょう」

「……そうだな」

ルードルフ様は大きく息を吐いてから、エリック様に指示を出します。

「エリック、こういう事情だ。私とエルヴィラは宮廷に向かう」

「承知いたしました。あとのことはお任せください」

エリック様も真剣な表情で頷《うなず》きます。

「行こう、エルヴィラ」

「はい」

はやる気持ちを抑えて、わたくしたちは馬車に乗り込みました。

——新たな聖女様が現れた。

ルードルフ様の隣で馬車に揺れながら、わたくしは胸の内で事実を冷静に受け止めます。

おそらくその聖女様は偽物。

国益のためという名目で、その方をルードルフ様の側妃にしようというわけですね。どこのどなたの企みか分かりませんが、なるほど——。

「なるほど、そうきたか」

わたくしは思わず、隣に座っているルードルフ様を見つめました。ルードルフ様が不思議そうな顔を向けます。

「どうした？」

「同じことを考えていましたので」

ルードルフ様が笑みを浮かべました。

「気が合うな」

「光栄ですわ」

わたくしも微笑みながら付け足します。

「わたくしたちなら大丈夫ですね」

「もちろんだ」

ルードルフ様は、わたくしの手にご自分の手を重ねて頷きました。

「あの日小庭園で言ったように、これからも同じ冬を過ごすのはエルヴィラだ。エルヴィラしかいない」

「……わたくしもです」

重なった手の温かさを感じながら、わたくしはそのときのことを思い返していました。

ゾマー帝国に来て、初めての雪の日でした。

1章　短い間にいろんなことがありました

——遡《さかのぼ》ること1カ月前。

久しぶりに、ルードルフ様と2人で宮殿の小庭園を散策していると、空から白いものが舞ってきました。

「ルードルフ様、雪です！　雪が降ってきましたわ！」

故郷のトゥルク王国よりも早い冬の訪れに、わたくしは思わずはしゃいだ声を上げます。

「初雪だな。それよりエルヴィラ、寒くないか？」

隣を歩くルードルフ様がわたくしを気遣《きづか》うように言いました。わたくしは白い息を吐《は》きながら笑います。

「大丈夫ですわ。エルマが選んでくれたこの外套《がいとう》、とても暖かなのです」

小庭園を散策するだけなのに、大袈裟《おおげさ》ではないかと思っていた外套ですが、今日のような底冷えする日には最適でした。

「それならよかった」

そう答えるルードルフ様は、わたくしのように着込んではいません。さすが厳しい冬で有名なゾマー帝国の皇太子殿下。寒さに慣れていらっしゃる。

「これからまだまだ雪が深くなるのでしょうね。トゥルク王国では山間部はともかく、王都は積もるほど降らなかったので楽しみですわ」

「そうか、エルヴィラにとって初めての冬だ」

「はい。ここに来たときは春でしたもの」

生まれ故郷のトゥルク王国で、偽聖女の汚名を着せられ婚約破棄されたわたくしは、ルードルフ様の機転と思いやりのおかげで、皇太子妃として聖女として帝国の皆様に迎え入れられました。

「あれからまだ1年も経っていないのですね」

わたくしと入れ替わるように王妃となったナタリア様は偽聖女として断罪され、わたくしに偽聖女の汚名を着せたアレキサンデル様は、今なお正気を失ったままです。

すべてを操《あやつ》っていた大神官シモン・リュリュは、皆が見ている前で天罰とも言える最期を迎えました。

「短い間にいろんなことがありました……」

わたくしは思わず呟《つぶや》きます。

ゾマー帝国の領邦《りょうほう》となったトゥルク王国は、アレキサンデル様の年の離れた弟君である、パトリック様が王位を継承しました。

「だけどもう全部終わったんだ。終わったんだよ、エルヴィラ」

ルードルフ様はわたくしの目を覗《のぞ》き込んで、力強く言います。

「最初の冬だけじゃない。次の冬も、その次の冬も、ずっと一緒に雪を見よう」

——ずっと一緒に。

頬の熱さを感じながら、わたくしも頷きました。

「わたくしも、ルードルフ様と同じ冬を何度も過ごしたく存じます」

「ああ、最初の冬から、ずっといつまでも……ん？　最初の冬？」

「どうかしました？」

「最初の冬……最初の冬……ここよりも暖かいトゥルク王国……初めての寒さ……いかん！」

何かに気付いたかのように独り言を繰り返していたルードルフ様は、唐突にわたくしの両手をがしっと握りました。

「えっ!?」

手袋越しの力強さに驚いていますと、繋《つな》いだ手を引っ張るようにしてルードルフ様は来た道を戻りかけます。

「エルヴィラは寒さに体が慣れていないんだ！　こんなに長く外出させたら風邪《かぜ》を引かせてし

まう！　名残惜《なごりお》しいが今日はここまでにしよう！」

切羽詰《せっぱつ》まった口調でしたが、わたくしは立ち止まって抵抗しました。

「だからこその外套です！　まだ歩き出したばかりではありませんか」

「だが、万が一にも拗《こじ》らせたら」

「……ルードルフ様」

「な、なんだい？」

わたくしは白い息を吐きながら、ルードルフ様の耳元で囁《ささや》きます。

「もう少しだけ……一緒に過ごしたく存じます。これからまたお忙しくなられるでしょう？

こんな時間はなかなか作れませんもの」

「もう少しだけ……」

「はい。もう少しだけ」

ルードルフ様は唇にぎゅっと力を入れて、固まったように動かなくなりました。

「どういうお顔ですか？」

尋ねると、こわばったまま答えます。

「にやけそうだから、我慢している顔だ」

「まあ」

わたくしは小さな笑い声を上げました。そうしている間にも雪はどんどん降り続け、わたくしの髪や睫毛《まつげ》にも積もっていきます。

「ああ、でもやっぱりダメだ」

ルードルフ様が、わたくしの髪に付いた雪を払いながら言いました。

「頼むから中に入ってくれ」

「分かりました」

今度はわたくしも素直に頷きます。ルードルフ様までお風邪を召しては大変ですから。

「エルヴィラ様、傘《かさ》を」

侍女のローゼマリーが、わたくしに傘を差しかけようと近付いてきました。ルードルフ様が手を伸ばしてそれを受け取ります。

「私が持とう」

「ですが、それではルードルフ様が」

「一緒に入ればいい」

ローゼマリーが満面の笑みで後ろに下がります。ルードルフ様は、傘を持ったままわたくしにぴったりと寄り添いました。

「雪が積もる前に、また来よう」

「楽しみにしていますわ」

同じ傘の下を歩きながら、ルードルフ様が白い息の向こう側で呟きます。

「とはいえ、お互い執務が山積みだ……聖誕祭に関しては、任せきりで申し訳ない」

「あら。参加できること、わたくし本当に楽しみにしていますのよ？」

聖誕祭とは、帝国の信仰の根幹《こんかん》をなす『恥ずかしがり屋の聖女様』のお生まれをお祝いする伝統行事です。今年からルードルフ様の代わりに、わたくしが事前会合に出席することになっていました。

「庶民も貴族も一緒に楽しめるお祭りはトゥルク王国にはありませんでした。今から胸が躍りますわ」

「そう言ってもらえるとありがたい」

ルードルフ様は、安心したように目を細めて付け足します。

「皇太子妃であり聖女でもあるエルヴィラに、会合から参加させるのはどうかと思ったんだが」

確かに、『乙女の百合』を咲かせたわたくしは、帝国の神殿で正式に聖女だと認められています。

――ですが。

わたくしは、かねてから考えていたことを口にしました。

「ルードルフ様。わたくし、聖誕祭は皇太子妃として参加しようと思っています」

「無理に分けなくてもいいんじゃないか？　どのエルヴィラもエルヴィラだ」

ルードルフ様が、意外そうに首を傾《かし》げます。

「そうなのですが……」

わたくしはルードルフ様の視線を受け止めました。

「聖誕祭の主役は、わたくしではなく恥ずかしがり屋の聖女様ですもの。そこはきちんと線引きしたいと思っています」

ゆるりとした沈黙の後、ルードルフ様が頷きます。

「分かった。エルヴィラの思う通りにしてくれ。だが、くれぐれも無理をしないように。頑張りすぎないでほしい」

「それを言うならルードルフ様もですわ。時には休息をとってくださいね」

「そうだな。お互いに、無理をしないようにしよう」

「承知しました」

そんなことを話しているうちに、いつの間にか宮廷に到着しました。雪を払って、中に入ります。

「なるべく早く帰れるようにするよ」

名残惜しそうに執務室に向かうルードルフ様に、わたくしは笑顔で答えました。

「お待ちしています」

「じゃあ、また夜に」

幸福感で胸をいっぱいにしながら、わたくしはその背中を見送りました。

どのわたくしもわたくしだと言ってくださるルードルフ様と、来年の冬も再来年の冬も一緒に過ごせることが、本当に幸せだったのです。

◆◇◆◇◆

翌日。

「まあ、エルヴィラ様、それってつまり……」

神殿で偶然、フリッツ様の奥様であるシャルロッテ様にお会いしました。

帝国出身ではないわたくしにとって数少ない、気安く話せるお友だちの一人です。

立ち話のついでに、前日のルードルフ様との散策の話をしますと、シャルロッテ様が目を丸くしたので慌てて付け足しました。

「あの、もちろん、儀式そのものには聖女として参加しますわ。ただ、事前の準備などは皇太子妃として務めるべきだと」

「ああ、いいえ、エルヴィラ様」

シャルロッテ様は、タンポポのようにふわふわした金髪を揺らして首を振ります。

「そこではありません……僭越《せんえつ》ながら私が申し上げたかったのは」

「のは？」

わたくしはシャルロッテ様の青い瞳を見つめました。シャルロッテ様はゆっくりと続けます。

「エルヴィラ様のお話はすべて、ルードルフ様との仲の良さに溢《あふ》れていて……つまり、のろけですね、と」

「の、のろけ⁉」

予想しなかった言葉に、今度はわたくしが目を丸くしました。

「そ、そんなことありませんわ！」

「そうですか？　私には、ルードルフ様となら冬の散策も楽しめると、エルヴィラ様がおっしゃったように聞こえましたが」

「違います。わたくしはただ――」

ルードルフ様と一緒なら雪の小庭園も楽しいと――

「……言いましたね」

その通りだったので、素直に認めました。

「ああ、もう。本当にエルヴィラ様は可愛らしいお方ですわ」

わたくしよりも4歳年上のシャルロッテ様は、片手に本を持ちながらくすくすと笑います。

「からかわないでくださいませ」

わたくしはちょっと拗《す》ねたように返しました。シャルロッテ様は動じません。

「本心です。どうかそのままでいらしてください。エルヴィラ様とルードルフ様が仲睦《むつ》まじいことが帝国の平和の象徴なんですから」

「そんなに話を大きくしなくても！」

「大きくて当然です。ですが、お2人なら何があっても大丈夫ですね。帝国は平和を保たれます」

「……大きいを通り越して大袈裟です」

シャルロッテ様はわたくしの呟きが耳に入っていないかのように頷きました。

「私とフリッツが仲良くいられるのも、帝国が平和だからですね。大発見です。帰ったらさっそく言わないと」

「当惑《とうわく》するフリッツ様が目に浮かぶのですが」

「当惑なんて。せいぜい苦笑いでしょう」

「苦笑いは予想しているのですね……」

シャルロッテ様とフリッツ様は、今年で結婚7年目。フリッツ様が偶然街で見かけたシャルロッテ様に一目惚れし、結婚に至りました。お2人の間には、可愛らしい双子のお嬢様方がいらっしゃいます。

「エルヴィラ様」

そんなことを思い返していると、シャルロッテ様が真剣な表情でわたくしに向き直ります。

「なんでしょうか」

「帝国の平和を実感したいので、のろけがあればぜひまたお聞かせください」

どこまで本気か分からないことを、真面目《まじめ》な顔で言われました。

「……分かりました」

「ありがとうございます！」

なんだか照れくさくなったわたくしは話を変えようと、シャルロッテ様が抱えた本に目を止めます。

「今日も神殿の図書室にいらしていたのですか？」

「そうなんです！　ここの図書室は論文も多いんですの」

シャルロッテ様は、嬉《うれ》しそうに『神殿の建築史』と書かれた分厚い本を抱きしめました。

「今は、建築に興味がおありなんですね？」

「ええ。当たり前ですけど、時代によって少しずつ様式が違うんですよ。フリッツが許可証を手に入れてくれたので、最近は入り浸《びた》っています」

好奇心を知識で裏付けるのが大好きなシャルロッテ様は、晴れた空を見上げて満足そうに呟きました。昨日の雪が嘘のように穏やかないいお天気です。

「今日は暖かいから助かりましたわ。雪だと持ち帰るのに気を遣いますもの」

「一気に冬になるのではないのですね」

同じように青空を眺《なが》めてわたくしが言いますと、シャルロッテ様が不敵な笑みを浮かべました。

「ですが、あっという間に本気の冬になりますわ……エルヴィラ様、覚悟はよろしいですか？」

「なんの覚悟ですか!?」

「寒いからって、トゥルク王国に帰りたい！　とおっしゃっても帰しませんからね！」

「わたくし、こう見えても寒さに強い方ですわ。帝国の冬にも打ち勝ってみせます」

「真冬になっても同じことおっしゃるかしら……あら？」

わたくしと同じように空を眺めていたシャルロッテ様が、ふと、目を細めて呟きます。

「ファラート伯爵令嬢のレオナ様と、バルフェット侯爵夫人がご一緒みたいですね」

同じ方向を見つめても、わたくしに分かるのは、中庭の外れで灰色の外出着を着た若い女性と、背筋がしゃんとした女性が立っていることだけでした。

「ここからお顔まで見えるのですか？」

驚いた声を出すと、シャルロッテ様は当たり前のことのように頷きます。

「目はいいんです。本ばかり読んでいるのになぜだってフリッツは言いますけど」

「わたくしも目は悪くない方だと思っていたのですが……」

「慣れですよ、慣れ」

そういうものですか？　わたくしの疑問をよそに、シャルロッテ様は首を傾げました。

「ファラート伯爵家とバルフェット侯爵家は、それほど親密ではなかったと思うんですけど……何を話していらっしゃるのかしら」

確か、ファラート伯爵令嬢はわたくしより2歳年上、バルフェット侯爵夫人はわたくしの父と同世代。あまり交流はなさそうです。

「さすがにこの距離ではお声までは聞こえませんよね？」

「残念ながら」

好奇心が満たされなくて、シャルロッテ様は少々残念そうでした。

「お2人とも神殿にご用事があっただけでは？」

わたくしはまず、凡庸《ぼんよう》な答えを差し出しました。

しかし、シャルロッテ様は首を振ります。

「バルフェット侯爵夫人ならそれも分かるのですが、レオナ様を神殿で見かけるのは珍しいことですわ。そもそも領地にいらっしゃることが多いと伺っていますもの」

「言われてみれば、バルフェット侯爵夫人なら、わたくしも何度かこちらでお見かけしたことがあります。侯爵とご一緒でしたわ」

「ええ、ご夫妻揃って敬虔《けいけん》な信者の方たちだと聞いています」

わたくしとシャルロッテ様はしばし考え込んでいましたが、

「エルヴィラ様」

離れたところでわたくしたちを見守っていた、護衛騎士のクリストフが近付いてきました。

「風が冷たくなってきました。そろそろお戻りになられた方がいいかと」

「分かりました」

残念ですが、今日はここまでのようです。わたくしはあらためてシャルロッテ様にお礼を申し上げました。

「楽しい時間をありがとうございます。シャルロッテ様」

シャルロッテ様も本を片手に優雅にお辞儀をします。

「こちらこそですわ。帝国の平和をよろしくお願いしますね」

「心がけますわ」

そんなふうに別れを告げて、帰りかけます。

ふと気になってもう一度だけ振り返りますと、バルフェット侯爵夫人も伯爵令嬢も立ち去った後でした。

◆◇◆◇◆

「のろけでしょうか?」

「クラッセン伯爵夫人!」

その日の夕方。

宮殿に戻ったわたくしが執務室で、クラッセン伯爵夫人にシャルロッテ様との会話の一部始終を話すと、クラッセン伯爵夫人にまでそんなことを言われました。

「失礼しました。ですが本当にいつも仲がいいので、つい」

執務机の向こう側で、クラッセン伯爵夫人は声に笑いを滲《にじ》ませます。

「クラッセン伯爵夫人も伯爵と仲がいいではありませんか」

「帝国が平和なおかげですね」

クラッセン伯爵夫人が、さっそくシャルロッテ様の言い方を真似ます。

「エルヴィラ様、温かいお茶をどうぞ」

メイドのエルマまで笑いながら、お茶とお菓子をテーブルの上に置きました。

「生姜《しょうが》のクッキーとミルクティーです。日差しがあるとはいえ、外にいたらお体を冷やしたんじゃないですか？」

エルマの選択はいつもわたくしの気分と体調にぴったりで、ありがたく手を伸ばします。

「ありがとう、エルマ。美味しいわ」

「よかったです！」

エルマの笑みにつられるように、わたくしも微笑みました。

「そういえば」

クラッセン伯爵夫人が思い出したように口を開きます。

「仲がいいと言えば、ローゼマリーもですね」

「それはそうですね」

わたくし付きの侍女であるローゼマリーとクリストフが婚約したのは、つい最近です。

「結婚の準備は進んでいるのかしら？」

クラッセン伯爵夫人は頷きました。

「順調みたいですよ。昨日の休みは、クリストフと一日中買い物をして過ごしたと言っていました」

「あら素敵！」

「朝から文官と聖誕祭の打ち合わせをすると出ていきましたが、間もなく戻る頃でしょう」

そんな話をしていると、執務室の扉が叩《たた》かれました。ローゼマリーです。

「失礼します。エルヴィラ様、ただいま戻りました」

「お帰りなさい、ローゼマリー。打ち合わせはどうでした？」

普段から神殿に足繁《あししげ》く通っているローゼマリーは、聖女信仰の敬虔な信者です。

これから聖誕祭まで、わたくしの代わりに文官や神殿などと連絡を取り、忙しく動いてもらうのです。

「何事もなく済みました！」

ローゼマリーはにこやかに続けました。

「会合の日取りを承《うけたまわ》ってきましたので、後ほどまとめてご報告しますね。今年からエルヴィラ様が参加できることに、皆大喜びでした！　もちろん私も張り切っています！」

「初めての聖誕祭、とても楽しみだわ」

わたくしが言うと、クラッセン伯爵夫人がはっとしたような顔をします。

「初めての聖誕祭……つまり初めての冬……そうでした。エルヴィラ様はまだ帝国の寒さに慣れていらっしゃらない……お風邪を召さないようにしないと」

「クラッセン伯爵夫人までそんなことを？」

「他にもどなたが？」

「いえなんでもありません」

ローゼマリーが胸を張ります。

「お任せください、クラッセン伯爵夫人。私もこの間、同じことに気が付いて、部屋をもう少し温めるよう指示しました」

エルマも晴れやかな顔で付け足しました。

「エルマも温かな外出着を、まだまだたくさん用意してあります」

まだまだたくさん？

わたくしが驚いていると、クラッセン伯爵夫人が感心したように頷きます。

「2人ともさすがね」

「エルヴィラ様がお風邪でも召されたら大変ですもの」

「皆の気持ちは嬉しいけど、子どもじゃないんだから、大丈夫よ」

「いいえ、風邪を甘く見てはいけません」

「わたくしたちがルードルフ様に怒られますわ」

まるでルードルフ様が４人になったみたいで、わたくしは思わず微笑みます。

初めての冬も、皆のおかげでなんの憂いもなく過ごせそうでした。


——ルードルフ様に側妃を迎える話が出ていると聞いたのは、その次の日でした。

◆◇◆◇◆

「側妃？　ルードルフ様に？」

「ええ、とはいえまだ決まったわけじゃないから安心して」

翌日。

皇后であり、ルードルフ様のお母様であるクラウディア様の私室に呼ばれたわたくしは、挨《あい》拶《さつ》もそこそこにそう告げられました。

人払いされた部屋で、クラウディア様はゆっくりと続けます。

「お節介かもしれないけど、いずれあなたの耳にも入るだろうから、先に知っておいた方がいいと思ったの」

わたくしは、その言葉でなんとか平静を取り戻そうとします。決して暇とは言えないクラウディア様が、わたくしのために時間を割いてくださっているのですから。

「ご配慮、ありがとうございます」

向かい側のソファでクラウディア様は苦笑しました。

「固いわねえ、ま、仕方ないか。とりあえず先に説明するわね。今回、側妃候補に名乗りを上げているのはファラート伯爵家のレオナ嬢ね」

「レオナ・ファラート伯爵令嬢、ですか？」

わたくしは思わず聞き返しました。ついこの間神殿でお見かけしたご令嬢です。

「あら、知り合いだった？　交流はないと思っていたんだけど」

「あ、いえ、お名前だけ存じていました」

「まあ、エルヴィラさんなら帝国の貴族の名前くらい全部覚えているものね」

「はい……」

気にはなりましたがそのことは一旦《いったん》置き、クラウディア様のお話に耳を傾けます。

「実は以前にも、ファラート家のご令嬢とルードルフの婚約を打診されたことがあったの。ルードルフ自身がまだ結婚する気になっていなかったからお断りしたんだけど。エルヴィラさんがこの国に来る前のことよ」

――わたくしがここに来る前から交流のあった？

遠くからお見かけしただけのレオナ・ファラート伯爵令嬢が、わたくしの中で徐々に存在感を持ちはじめました。

「一度お話が流れたのに、また今も……それほどまでにルードルフ様のお傍《そば》にいたいのでしょうか」

ルードルフ様には大勢の婚約者候補の方々がいらっしゃいましたが、今となってはほとんどの方が、別の方と婚約されるかご結婚されています。新しいお相手を探すことなく、側妃を望むのは、ルードルフ様によほど特別な気持ちをお持ちだからだと思えたのです。

しかし、クラウディア様は首を振りました。

「どうかしら。どちらかといえば、父親であるファラート伯爵の思惑《おもわく》だと感じたわ」

「そうなのですか？」

「側妃になるには、議会の承認が必要なの。認められたら年金が終生支給《しゅうせい》されるから、それ目当てじゃない？　でも、議会を納得させるよほどの理由か、後ろ盾でもないと難しいはずよ。一言で言えば、ファラート伯爵の勇み足ね。側妃にさせるよりどこかの貴族と政略結婚させる方が確実なのに、名門ゆえの矜持《きょうじ》なのかしら」

――名門ゆえの矜持。

含みを持たせた、その言い方が気になりました。

クラウディア様はわたくしに問いかけます。

「ファラート伯爵家のことはどれくらい知っている？」

わたくしは記憶を探ります。

「……古くから続くお家柄ですが、領地はそれほど大きくはありません。ただ、カルネという柑橘《かんきつ》はファラート領にしか自生しないので、特産品としてはそれで十分だとか。昔ながらのやり方を守って栽培していらっしゃると聞いています」

カルネは年に2回旬があると言われている果物で、春と秋の2回実を結びます。そこから、聖女様に祝福された果物だとゾマー帝国では尊ばれていたのでした。

クラウディア様は頷きます。

「さすがね。聖女様に祝福されたカルネは、魔を払うとも言われて帝国でたくさん消費されてきたわ。ただね、最近は肝心の領地経営が不調みたいなの」

わたくしは意外に思って聞き返しました。

「カルネが不作とは伺っておりませんが」

サラダに、魚料理に、肉料理のソースに、デザートに飲み物。

帝国ではカルネを使わない料理はないと言われています。恥ずかしがり屋の聖女様が好んだと言われるバターケーキも、カルネの果汁を使い甘酸っぱく仕上げるので、帝国全体の使用量はかなりのものです。

それを独占しているファラート伯爵家は、カルネが不作にならない限りこの先も安泰だと思っていたのですが。

クラウディア様は、わたくしの疑問に答えるように続けます。

「カルネ自体は不作じゃないの。ただ、みんな飽きたのよ」

「飽きた？　そんなことが、まさか」

「それがあるのよ。最近はいろんな国の珍しい果物が入ってくるようになったでしょう？　昔からあって味もよく知っているカルネの消費が徐々に落ちてきているらしいわ。昔は冬になるとカルネの皮の蜂蜜漬けをお茶に入れたものを飲んだものだけれど、最近は飲まないもの」

わたくしは昨日エルマが出してくれたクッキーとミルクティーを思い出しました。

確かに、どちらもカルネは使われていませんでした。クラウディア様も、納得したように呟きます。

「ファラート伯爵も、それでこんなことを言い出したのかしら。カルネ以外に売れるものはないものね」

「もしかして、カルネ以外は作っていらっしゃらないのですか？」

「ええ。今の伯爵も先代も新しいやり方が嫌いで、他のものには手を出さなかったみたいね。まあ、今までカルネを独占できていたからこそ努力をしなくて済んだとも言えるのかもしれないわ」

いくら名産でも、それだけしか作らない領地というのは危ういものです。害虫に、悪天候に、災害。ひとつが倒れても他で支えられるように、複数の種類の作物を栽培し収穫できるようにするのが基本です。

わたくしが呆然としていると、クラウディア様が続けました。

「それに、最近はいろんな珍しい果物が食べられるようになってきたでしょう？　トゥルク王国が領邦になってから、グスタスやブルンザが手に入りやすくなったりね」

グスタスはしっかりした果肉の甘酸っぱい果物で、ブルンザは皮の緑が目に美しい大きな柑橘です。どちらもトゥルク王国の名産品でした。

「わたくしがこちらに来た影響が、そんなところにもあるのですね」

呟くと、クラウディア様は首を振ります。

「カルネ以外を育てていなかったんだから、ファラート家は遅かれ早かれ危なかったわよ。こだわりが強すぎるのも困ったものだわ。聞くところによると、屋敷にも細かい決まりがたくさんあって、使用人たちが苦労しているみたい。あと、ケチ――じゃない。倹約家なのは有名ね。カルネで散々儲《もう》かっているときからよ？」

「お義母様ったら」

わたくしは小さな笑みを浮かべるよう努力しました。クラウディア様が場を和《なご》ませようとしているのを感じ取ったからです。

――だからこそ、胸の内に重苦しい痛みが広がりました。

「……申し訳ございません」

わたくしは自分の不甲斐《ふがい》なさを謝罪します。

「なぜ謝るの？」

クラウディア様は不思議そうに聞き返しましたが、わたくしにはファラート伯爵が、強気な理由に心当たりがありました。大きく息を吸い込み、叱責《しっせき》を覚悟で言います。

「わたくしがなかなかお子を宿すことがないために、側妃の話が持ち上がったのだと自覚しております。本当に申し訳――」

「そこまで！」

カップを置いたクラウディア様は、強い口調で遮《さえぎ》りました。

戸惑《とまど》いながら顔を上げると、クラウディア様は片方の眉を高々と上げてこちらを見ていました。これは……クラウディア様が非常にご立腹されているときのお顔です。

「誰なの？」

案《あん》の定《じょう》、語気を強くしておっしゃいました。

「あの、誰とは……」

「誰かがあなたに後継《あとつぎ》のことで嫌味でも言ったんでしょう⁉　そんなくだらないことを吹き込んだのは誰⁉　気を使わなくていいわ、言いなさい」

――くだらない？

クラウディア様から出たとは思えない言葉に、思わず目を丸くします。クラウディア様はさらに憤《いきどお》った様子で続けました。

「ルードルフは何をしているの！　そんな輩《やから》、黙らせればいいのに。あの子が頼りないなら私から圧をかけるから、遠慮せずそんな不躾《ぶしつけ》なことを言ったやつの名前を言いなさい！」

――輩？　圧？　やつ？

「いえ、あの、大丈夫です。お義母様、あの……」

貴族にとって後継は最優先事項ではありませんか、と言いたくても口をはさめません。

「だいたい、結婚してまだ1年も経っていないじゃない！」

クラウディア様の勢いが止まらないのです。

「ルードルフもエルヴィラさんもいろいろあって、ゆっくりする間がなかったのはわたくしも陛下も承知しているし、そもそも子どもは授かりものよ！」

何かを思い出しているのか、クラウディア様は空中を睨《にら》むようにおっしゃいました。その隙を見て、わたくしは慌てて訂正します。

「お義母様！　あの、ありがとうございます！　ですが落ち着いてください。誰かに何かを言われたわけではありません！」

領邦から嫁いだ上にまだお子を宿していないわたくしに対して、一部の方たちからいたたまれない空気を感じることはありましたが、直接苦言を呈されたわけではありません。

クラウディア様は疑わしそうにわたくしを見つめました。

「本当に？　庇《かば》っているんじゃない？」

「まったく庇っていません！　ですからどうぞ落ち着いて！」

そこにきて、ようやくクラウディア様はソファーの背もたれに体を預けて息を吐きます。

「ずっと落ち着いているわよ？」

「少々、興奮していらっしゃったようにお見受けしました」

「あらやだ」

クラウディア様は澄ました顔で視線を落としました。

数分後。

いつもの調子に戻ったクラウディア様と、あらためて向かい合ってお茶を飲みます。

「ありがとうございます」

わたくしはなんだか気が抜けて、微笑みながらそう言いました。

「やだ、なんのお礼？」

「全部です」

胸の中を、じんわり温かいものが広がっていくのを感じました。

——分かってくださっている。

わたくしの焦りと自責を。

「エルヴィラさんにしては珍しく漠然《ばくぜん》とした言い方ね。なんだか分からないけどいいのよ。気にしないで。それでね」

カップを置いて、クラウディア様は続けます。

「……側妃のことは大丈夫。さっきも言ったけど、議会も承認しないでしょう。だって明らかにこじつけの理由ですもの」

「こじつけ、ですか？」

「ええ。ファラート伯爵の言い分はこうよ。皇太子殿下には、聖女様以外の側妃もいた方がいいんじゃないか。それには昔からの名門の出であるうちの娘が最適では、と」

「ですが……わたくしが聖女であるのは事実です」

「それこそがこじつけよ！　聖女だからってなんなの！　あなたたちの仲の良さは有名だから、横入りする理由が欲しくてそんなことを言ったんだと思うわ」

「ゆ、有名だなんてそんな——」

「あら、あれで隠しているつもりなの？」

決して人前でいちゃついているつもりはなかったのですが、そう言われると、隠し切れていない気がします。

ふふっ、と笑ってクラウディア様がおっしゃいました。

「心配しなくても、ファラート伯爵の要望は叶《かな》えられないでしょう。念のため議会にかけて審議するけど、ルードルフがエルヴィラさん以外を受け入れることがないのは分かりきっているから無理な話よ」

「それは……そうだと嬉しいのですが」

「そこを疑ったら、さすがにルードルフがかわいそうよ」

わたくしは顔を赤くして頷きます。

「……えっと、はい。わたくしもお断りしてくださると信じています」

クラウディア様は満足したように頷いて、再びカップに手を伸ばしました。

「でも、今回を皮切りに、いろんな人が側妃を勧めにくるでしょう」

「はい」

頷きながら、わたくしも自分のカップを手にします。美しい琥珀《こはく》色の液体の表面に、いろんな方のいろんな思惑が浮かび上がってきそうでした。

皇太子の側妃という地位と、それにまつわる足の引っ張り合い。

ルードルフ様が断り続けてくださっても、いつしか思惑が濁流のように勢いを増し、嫌でも巻き込まれるかもしれません。

「だからこそ、今、エルヴィラさんの気持ちを聞きたかったの。ルードルフが側妃を迎えることについて、あなたはどう思っている？」

わたくしの気持ち？　問いかけるように顔を上げると、クラウディア様が頷きます。

「それを聞きたくて、わざわざ来てもらったの。もちろん、私も表ではこんなことを言わないわ。でもここは2人きり。立場を離れたことも、多少は言ってもいいんじゃないかしら」

「立場を離れたこと……ですか？」

「私たちは普段、どうしても立場を踏まえた意見を述べることが多いでしょう？　それはそれで意味のあることだけど、意識的に自分の本音を捕まえておかないと、立場がしゃべっているだけの空っぽの人間になってしまうのよ」

クラウディア様は凛《りん》とした横顔で語ります。

「それは、とても恐ろしいことよ。特に私たちのような権力のある人間にとっては」

「……分かる気がします」

そのときわたくしの脳裏に浮かんだのは、最後には正気を失ってしまったアレキサンデル様のことでした。

アレキサンデル様だけではありません。わたくしも同じです。

たとえば、わたくしとルードルフ様の気持ちがいつかすれ違ったら？

考えるだけで胸が痛みますが、その辛さに耐えかねたわたくしはルードルフ様と形ばかり仲よくしようとするかもしれません。「帝国の平和の象徴」として。

——そして、本当の気持ちは置き去りにされる。

「あのね」

クラウディア様は、珍しく躊躇《ためら》いがちにおっしゃいました。

「……聖女じゃなかったけど、実は私も同じ道を通ったの」

「お義母様も？」

窓越しに、風の音が聞こえました。クラウディア様は、窓の外の寒々とした景色に視線を向けました。

「ええ。エルヴィラさんは知っていたかしら？　ルードルフには本当は兄がいたんだけど、幼い頃病気で亡くなったの」

「……トゥルク王国にいた頃、訃報《ふほう》をお聞きしました」

「そう。赤ん坊の頃から体が弱かったんだけど、それでも辛かったわ」

窓の外にはリンデの木。春には新緑が眩しいリンデも、すっかり葉を落として今は寂しいばかりです。

「でも悲しみに暮れる暇はなかった。喪《も》が開けると毎日のように側妃候補の話が出たから。ルードルフもどうなるか分からないんだから、側妃を迎えて後継をじゃんじゃん作るべきだって、うるさいったらありゃしない。誰一人、わたくしの喪失感なんて気にしていなかった」

お辛いことを話しているはずなのに、クラウディア様の表情はいつもと同じです。わたくしの慰めなど必要としていないことは明らかでした。

「そのとき、どうされたのか伺ってもよろしいですか？」

クラウディア様は、窓の外からこちらに視線を戻します。

「エルヴィラさんと一緒よ。嫌だって言ったの。ただし、陛下に直接ね」

「陛下にですか？」

「ええ。心を殺して側妃を受け入れることもできたけど、あのときの私にそんな余裕はなかった。その余裕のなさを含めて、全部陛下に伝えたの」

風の音はまだ聞こえていましたが、部屋の中は暖かです。クラウディア様は小さく笑って片目をつぶりました。

「その後のことは内緒。想像に任せるわ」

皇帝陛下にお一人の側妃もいらっしゃらないことを思い出し、わたくしは目を潤ませました。それも、お2人の道のりがあってこそなのです。

「……両陛下の絆《きずな》の一端に触れさせていただいた思いです」

「大袈裟よ」

ここまで打ち明けてくださったクラウディア様のためにも、わたくしは正直に、素直に、自分の本音を探らなくてはと背筋を伸ばします。

これからも、側妃の話はきっとくる。

最初のお話が持ち込まれた今だからこそ、自分自身に問いかけなければいけません。ルードルフ様の隣に別の誰かがいることを、わたくしが受け入れられるかどうか。

言葉よりも先に浮かんだのは、あの日、ルードルフ様と歩いた雪の小庭園でした。

『最初の冬だけじゃない。次の冬も、その次の冬も、ずっと一緒に雪を見よう』

ああ、そうか。そういうことか、とわたくしはクラウディア様に向き直りました。

「あの、お義母様。この間、ルードルフ様と小庭園を散策したんです」

「この寒さの中を？」

「着込んでいったので平気でしたわ」

「若いわねえ。それで？」

「歩いていると雪が降ってきて、わたくしが風邪を引くといけないからとルードルフ様はすぐに宮廷に戻ろうとしました。それだけのことで取り立てて何かをしたわけではありませんが……わたくしにとって、宝物のような時間のひとつでした」

わたくしははっきりと言います。

「お義母様のおかげで、自覚することができました。わたくし、他の誰ともルードルフ様を共有したくありません」

これからも同じような令嬢は現れるでしょう。

それでも。

「側妃は入れたくないということね？」

クラウディア様の確認に頷きます。

「はい。側妃を迎えるということは、別の方もルードルフ様とあのような時間を過ごすということ。わたくしはそれに耐えられる自信がありません。狭量なことは承知です。重ね重ね申し訳――」

「謝らなくていいって言ったでしょ」

クラウディア様は優しく微笑みました。

「エルヴィラさんの気持ちはよく分かったわ。まあ、聞く前から予想していたけど。それでもあなたのことだから、変に自分を責めるんじゃないかと思っていたの」

「ありがとうございます……」

窓の外に目を向けながら、クラウディア様がおっしゃいます。

「私としては、エルヴィラさんとルードルフの決断を尊重するわ。陛下にもその旨は伝えています……結論は出たけどせっかく来てもらったのだから、立場に則《のっと》った話も少ししておきましょうか」

クラウディア様はあっさりとした調子で立ち上がり、いくつかの書類を手にまた座りました。

途端に空気が変わります。

「聖誕祭自体は今年からルードルフとエルヴィラさんに全部お任せするんだけど、毎年行っている炊き出しは私が担当します。今年はデンシュトの修道院でしようと思っているわ」

「北の方の修道院ですね」

「そう。北の大地にも『恥ずかしがり屋の聖女様』の思《おぼ》し召しが行き渡らないとね。当日のエルヴィラさんは帝都での儀式で忙しいから、こっちのことは気にしないで。聖女が風邪を引いていたら大変よ。暖かくしなさいね。それと――」

その後はいつものように、執務についてのやり取りが続きました。

「じゃあ、それでお願い」

「承知しました」

そんな会話を契機《けいき》にわたくしは立ち上がり、クラウディア様の部屋を退出しました。

今夜にでもルードルフ様と話をしよう、自分の気持ちをちゃんと伝えよう、そう思いながら。

◆◇◆◇◆

エルヴィラがクラウディアとお茶を飲んでいたのと同じ頃。

閣僚棟《かくりょう》で執務をこなすルードルフの元に、ファラート伯爵家当主ジグムントが突然面会を求めてきた。

「お久しぶりです、皇太子殿下。お時間を作ってくださりありがとうございます」

「話とは？」

ルードルフは応接室で対応したが、伯爵はなかなか本題を切り出さず、しわがれた声で延々としゃべり続けた。

「クヴァーゼルの町の治安を落ち着かせたのは殿下だと伺っております。さすが殿下ですな。相変わらず端正《たんせい》で、凛々《りり》しくて、知的で、雄々しい」

ファラート伯爵はやや古臭さを感じる上着を身に着けていた。少し大きく見えるのは、伯爵が痩《や》せたからかもしれない。

――どこか体でも悪いのか？

気にはなったが、さっさと済ませたいルードルフは先を促《うなが》した。

「ファラート伯爵、何か私に言いたいことがあるのでは？」

「ああ、それはもう、本当にお時間を取っていただき申し訳ありません。聡明な殿下の貴重なお時間を私ごときに」

「前置きは結構です。それで？」

ルードルフの言葉の底に苛立ちを感じ取ったファラート伯爵は、額の汗を光らせながらようやく言った。

「実は今度の聖誕祭のことなのですが」

「何か問題でも？」

エルヴィラが初参加する今年の聖誕祭を、ルードルフは神経質なほど気を遣って見守っている。片眉を上げて聞き返すと、ファラート伯爵は慌てたように言い添えた。

「いえ、その、問題ではなく提案でして！」

「どのような？」

ファラート伯爵は流れる汗をハンカチで押さえながら言った。

「初雪が降ったということは、聖誕祭が間もなくということ。我が娘、レオナを事前会合に参加させていただけませんか。言うまでもなく、我が領地はカルネに選ばれし神聖な土地。そこの家門であるレオナが聖誕祭を手伝うのは当然のことかと」

「しかし、昨年までは手伝っていなかったようだが」

「これは殿下に一本取られましたな。昨年まで正直、遠慮しておりました。ですがそろそろお役に立つかと」

意味ありげに視線を寄越すファラート伯爵に、ルードルフはあっさり断った。

「残念ですが、会合の人数は決められています。これ以上は増やせません」

嘘だった。増やせないことはなかったが、本意の分からない要望を聞く気にはなれなかっただけだ。しかし、伯爵は諦《あきら》めない。

「では、殿下の個人的なお手伝いはどうでしょう？　お忙しい殿下を支えます。カルネは疲れを取ると言いますので、ぜひ夕食後に我が家自慢のカルネをお召し上がりください」

「そこまでのお気持ちがあるなら」

引き下がらない気配を感じたルードルフは、話を終わらせるために提案の一部だけを受け入れることにした。

「聖誕祭当日、デンシュトの修道院で炊き出しが行われる予定です。手が足らないと聞いているので、ご尽力いただけるなら話を通しておきますが」

ファラート伯爵の顔が明るくなった。

「ありがたくお手伝いします！　我が領のカルネをたくさん寄贈しますぞ！　ぜひ使ってください！」

「では詳細はまた後日。皇后陛下の管轄《かんかつ》なので、そちらから人を寄越します」

ルードルフは、話は終わりと言わんばかりに立ち上がった。

「皇后陛下？」

同時に立ち上がりながらも、ファラート伯爵の目が揺れる。

「あの、それは殿下が主催ではないのですか」

「まさか帝都でなければ手伝えないとでも？　同じ聖誕祭の行事ですが」

「あ、いや、はい、分かりました。しかし、殿下、あの」

その言葉を無視して、ルードルフは扉に向かう。

「ご協力感謝します。では私は時間がないのでこれで」

「あ、殿下……！」


足早に回廊を歩きながら、ルードルフは内心で首を捻った。

——何がしたかったんだ？

ファラート伯爵の訴えるような視線が、妙に気になった。

◆◇◆◇◆

「ファラート伯爵、こちらでしたか」

ルードルフと別れたファラート伯爵が、宮廷を出て自分の屋敷に戻ろうと馬車に向かっていると、背後から声がした。

「あ、あなたは」

ビクッとして振り向くと、やはりあの男だった。

上等な外套を身に付け、愛想笑いを浮かべて立っている。

若くて細くて威圧感はないのに、気付いたら逆らえないこの男。

ファラート伯爵は馬車に少し待つように身振りで合図し、離れたところで男と向き合った。

誰にも会話を聞かれたくなかったからだ。リンデの木に隠れ、小声で話をする。

「なぜ、ここに？」

こちらから先に質問すると、男は柔らかい口調で答えた。

「宮廷に立ち寄る用事がありましたので、もしやお会いできるかとお待ちしておりました」

嘘だ、とファラート伯爵は考える。

それだけでこんなに的確に捕捉できるわけがない。自分の行動はこの男に筒抜けなのだと、
ファラート伯爵は背中に汗をかいた。

案の定、男は核心に触れる。

「殿下にお会いしたのでしょう？　どうでしたか？」

冬の始まりを告げる冷たい風が、ファラート伯爵の体温を奪っていく。

「それが……聖誕祭の手伝いができるようにはなったのですが……皇后陛下の管轄でして」

「遠回しに断られたんですね」

愛想のいい仮面を脱ぎ捨て不機嫌な声を出した男は、ファラート伯爵を責めるように言った。

「雇われたばかりの見習い弟子でも、もう少しマシな結果を持ってきますよ」

ファラート伯爵は悔しさに手を握り締める。だが今はこの男の言いなりになるしかない。

「……面目《めんぼく》ない」

屈辱を感じながらも、ファラート伯爵は非を認めた。指示されたことを遂行《すいこう》できなかったのはこちらなのだ。

男は大袈裟に首を振る。

「分かりました。その件は私がなんとかしましょう」

「本当ですか⁉　ではまだ、我が家門を見捨てないでいてくださるのですね」

「当たり前じゃないですか。我々ほど利害が一致した組み合わせはないでしょう」

そして男は、伯爵の寒々しい姿を見て見下したように付け足した。

「随分寒そうですね。奥様とお嬢様には新しいドレスを作るように言ってありましたが、伯爵も新しい外套《がいとう》を作ってください。お代なら私が払います。遠慮なさらず。すべてはカルネのお導きですから」

「ご配慮、感謝します」

再び強く手を握りしめながらも、伯爵は頭を下げるしかなかった。

◆◇◆◇◆

一方。

ファラート伯爵と別れ、宮廷の自分の執務室に戻ったルードルフは、腑《ふ》に落ちない気持ちをフリッツに話した。

「ファラート伯爵から突然そんな申し出があったんだが。フリッツ、お前はどう読む？」

いくつかの書類をルードルフに手渡しながら、フリッツは言う。

「こういうことになるとルードルフ様は途端に鈍感になりますね」

「どういうことだ？」

「ファラート伯爵は結構はっきりおっしゃっていますよ。聖誕祭の手伝いを断られるのは予想の範囲内で、本題はルードルフ様の個人的なお手伝いをレオナ嬢にさせたいというところです。レオナ嬢を近付けたかったんでしょう」

「おい、まさか」

ルードルフは目を丸くした。

――カルネは疲れを取ると言いますので、ぜひ夕食後に我が家自慢のカルネをお召し上がりください。

「あれはそういう意味なのか？」

「だから鈍感だと申し上げました。ルードルフ様の耳には入っていなかったようですが、レオナ嬢をルードルフ様の側妃にしたいとファラート伯爵が希望しているとの噂があります。議会に承認されるためにも、ルードルフ様の印象をよくしたかったのでしょう」

「いやいやいやいや、ちょっと待ってくれ」

ルードルフは唖然《あぜん》として話を止めた。

「側妃って、私にか？　エルヴィラがいるのに？　あり得ない」

「あり得なくはないでしょう。正妃様がいるからこその側妃ですし」

仮にも皇太子なのだ。可能性は常にある。

だがルードルフは首を振って呟いた。

「あんなに美しくて可愛らしくて聡明なエルヴィラのいる私に、側妃を勧める？　意味が分からない。皆、どうかしているんじゃないか」

「人は見たいようにしか物事を見ないものですよ。私がルードルフ様に今見てほしいのは、書類ですが」

ルードルフは、渡された書類を一旦隅に置いて続ける。

「エルヴィラとまだ結婚して1年も経っていないぞ。なぜそんなに急いで側妃をつけたがる？」

目を細めて書類の山を見つめていたフリッツは、やがて諦めたように口を開いた。

「ファラート伯爵は、ルードルフ様に聖女様以外の側妃も必要ではないか、と言っていたようです」

「こじつけだな」

フリッツも同意する。

「そうですね。思うに、他の側妃候補が出てくる前に先手を打ちたかったんじゃないでしょうか。名門の矜持があるでしょうし、後れを取りたくはないはずです」

「そういうものか？　早かろうが遅かろうが、全部断るが」

フリッツはさすがに声をひそめて尋ねた。

「……ですが、エルヴィラ様がこのままご懐妊しなかったらどうします？」

「それでも、側妃という選択肢はない」

ルードルフの声に迷いはなかった。

「どうして私自らエルヴィラを悲しませることをしなくちゃいけないんだ。これからも側妃の話は全部断ると思ってくれ」

「承知しました」

「やけにあっさり頷くな？」

フリッツは作り笑顔で答える。

「予想していた返答でしたので」

「私が単純みたいに言うな。首尾一貫《しゅびいっかん》しているだけだ」

「物は言いようですね」

言い返せないルードルフは、隅に追いやっていた書類を手にする。

「仕事でもするか」

「そうしてください」

しばらくの間、ルードルフは自分の執務机で、フリッツは少し離れた書類棚の前で、それぞれの仕事に没頭した。束の間の静寂が流れ、フリッツはもう1枚書類を渡そうとルードルフの近くまで移動する。

「ルードルフ様、こちらの数字——」

しかし、ルードルフは先ほどと同じ体勢のまま、1枚の書類も目を通していなかった。

「……まったく進んでいませんね」

「フリッツ、思うんだが」

「はあ、なんでしょう」

「この先、夜会や舞踏会で見かけてもファラート家のご令嬢には近付かないのが無難だな。

元々話をする間柄ではないが、エルヴィラに変な誤解をされたくない」

諦めたようにフリッツは頷く。

「まあ、ルードルフ様ならそうされるでしょうね。ですが、ご令嬢は悲しむのでは？」

側妃になるのを断られたあげく、夜会でも声をかけてもらえないとなれば、レオナの自尊心は酷《ひど》く傷付けられるだろう。

だがルードルフは譲らなかった。

「貴族社会の風評についてまでは責任を取る気はない。側妃に名乗りを上げた時点で、断られたときのことを予想すべきだ」

「そこまで考えておられるなら反対はしません」

ルードルフは満足そうに付け足した。

「第一、今回のことはレオナ嬢の意思ではなく、父親であるファラート伯爵の独断だと思うぞ」

「伯爵の独断？　なぜそう思われるんですか？」

「縁談を断って以来、レオナ嬢にはいつも遠くから睨まれていたことを思い出した。少なくとも好意的に思われている気はしない」

「威張《いば》っておっしゃることでもないと思いますが……そうなると……」

フリッツが不思議そうに首を捻《ひね》る。どうした、とルードルフが聞く前に呟いた。

「今回のことがファラート伯爵お一人の考えだとしても、一度縁談を断られたルードルフ様のところに、再度、側妃として送りたがる理由が分かりません」

「お前が言ったんだろ？　家門のためだと。昔から皇室に近付きたがる家だった。カルネが自分の領地でしか栽培できないことを、選ばれし家柄だとしょっちゅう自慢していたな」

「だとしても正妃様との仲も睦まじく、さらに娘自身が嫌っているルードルフ様の側妃にさせますかね？　ファラート伯爵は自分の娘が可愛くないんですか？　娘の幸せ以上に大切にしたいものってなんでしょう？」

愛娘たちを溺愛しているフリッツだからこその見解だったが、ルードルフは確かに引っかかるものを感じた。先ほど会ったばかりのファラート伯爵の顔を思い浮かべる。

「言われてみれば、妙に切羽詰まったものを感じたな。レオナ嬢の適齢期を気にしているとか？」

「それなら他の貴族との政略結婚を進めた方がよっぽど確実です」

ルードルフは目つきを鋭くした。

「もしかして、目的はエルヴィラか？」

フリッツもはっとした表情になった。

「あり得ますね。だとすると、目的は……聖女様の近くに身内を入れたい、とかでしょうか。

しかしそれなら侍女として潜り込ませれば……？」

「いや、エルヴィラの周りは護衛を含めて、ローゼマリーやクラッセン伯爵夫人など決まった顔ぶれしかつけないことにしている。だが側妃という立場なら、正妃と向き合う時間も持てる。正妃が受け入れたらだが」

「直接顔を合わせなくても、近くに潜り込めばいろんなことができますよ。習慣や行動を把握して、余所《よそ》の者に教えることもできる」

「これは看過《かんか》できないな」

ルードルフは気持ちを切り替えた。どんな裏があるにせよ、エルヴィラを傷付ける可能性があるなら見過ごせない。

「フリッツ、急いでファラート伯爵とその周辺を調べてくれ。トゥルク王国にも最近変わったことがないか問い合わせろ」

ルードルフはさっきはこじつけだと切り捨てた、ファラート伯爵が娘を側妃に推した理由を思い出していた。

――聖女様以外を皇太子の側妃に。

あれがこじつけでないとすれば。

ファラート伯爵にとってエルヴィラは皇太子妃である前に『聖女』なのだ。

「かしこまりました」

頷いてからフリッツは付け足す。

「側妃の件は、エルヴィラ様のお耳には入らないようにしますか？　お断りする話ですし、余計な心配をおかけしない方がいいかと」

だが、意外にもルードルフは首を振った。

「いや、今夜にでも私が説明するから大丈夫だ。もちろん何か裏があると疑っていることは言わない」

「そうなのですか？」

ルードルフは深く頷いた。

「昔、父上に言われたんだ」

「陛下に。なんと？」

「側妃に関して正妃に隠し事はするな、と」

「含蓄《がんちく》が深そうなお言葉ですね」

「何があったか知らないが、経験者の助言はありがたく聞こうと思う」


そしてその夜。

いつもより早く帰ったルードルフは、二人きりの部屋でエルヴィラに一部始終を話した。

◆◇◆◇◆

「という話をフリッツとしたんだが……うわあああああ！　エルヴィラ泣かないでくれ、どうしたんだ、側妃の話ならちゃんと断ったぞ？」

「すみません……嬉しくて」

クラウディア様とお話をしたその日の夜。

ルードルフ様の口からはっきりと側妃は考えていないことを聞いたわたくしは、安堵《あんど》の涙をこぼしました。

部屋着姿のルードルフ様は、ソファの隣で慌てたように言います。

「嬉しいのか？　だがなぜ泣く？　まさか、どこか痛いとか」

「いいえ、大丈夫ですわ」

わたくしはハンカチで涙を拭い、なんとか落ち着きます。

「取り乱して申し訳ありません。わたくしも昼間、お義母様から同じお話をお聞きしていたものですから。安心して、つい……」

「聞いていた？　うわあああ、話してよかった！　断ったぞ？　断ったからな？」

「はい……ありがとうございます」

ソファに並んで座るわたくしの手を取って、ルードルフ様は力説します。

「側妃など、迎えるわけがない！　当たり前だろう！」

新しい涙を堪《こら》えながら、わたくしも素直に気持ちを口にします。

「わたくし、自分で思った以上に心が狭かったみたいです。ルードルフ様が側妃を迎えるのだと思ったら、想像でも耐えられませんでした」

「なんだって⁉」

「申し訳ありません」

「そうじゃない、責めていないからもう一度言ってくれ。つまりそれはどういうことだ？」

なぜかキラキラした瞳で嬉しそうなルードルフ様にわたくしは打ち明けます。

「ルードルフ様の隣は、これからもずっと、わたくしだけの場所であってほしいと願ってしまうのです……ですから……」

「エルヴィラ！」

「きゃ！」

ルードルフ様はわたくしをぎゅっと抱きしめました。

「同じだよ」

すぐ近くからその声は降ってきます。

「……同じ、ですか？」

「ああ、私もそうだ。ずっと、エルヴィラの隣が自分の場所であってほしい。だから何も恐れることはない。側妃なんているもんか」

「……はい」

わたくしは、ルードルフ様の胸に頭をもたれさせ頷きました。

「エルヴィラ、顔を見せて」

「ダメです……また泣きそうですから」

「泣いてもいい」

ルードルフ様はわたくしの顔を覗き込み、閉じた瞼に口づけました。


ルードルフ様とわたくしの気持ちが同じなら、もう側妃のことで悩むことはないのだと、このときのわたくしは、心から安堵していました。

——早計にも。

2章　カルネの木に登って空を眺める

「レオナ、このドレスも素敵よ。一度試着してみなさい」

エルヴィラがルードルフの口から、はっきりと側妃の話は断ったと聞いた翌日。

レオナ・ファラートは、帝都で一番と評判の仕立て屋で、母コンスタンツェの勧めるドレスを試着していた。

うんざりしながら。

「さっきのと違いが分かりません」

朝から何着のドレスに袖を通したことか、覚えていない。

目の前の鏡に映る自分は、ありふれた茶色の髪にありふれた茶色の瞳で背ばかり高く、いかにもつまらなそうに佇《たたず》んでいる。

やる気のない様子のレオナを気にもせず、コンスタンツェは上機嫌で店主に話しかけた。

「あら、少しずつ違うわ。ねえ、バスティアン」

バスティアンと呼ばれた店主は、満面の笑みでコンスタンツェに答える。

「さようでございます。しかしながらどれもお似合いで、迷うお気持ちも分かります」

――どうでもいい。

レオナは冷めた気持ちで2人のやり取りを聞いていた。

幼い頃からドレスにも宝石にも興味がなかったレオナは、女の子のくせに変わっている、とコンスタンツェにいつも怒られていた。

ドレスより、カルネの木に登って空を眺める方が好きだったのだ。

兄アーベルは小さい頃から病弱で、それゆえコンスタンツェの愛情を一身に受けていた。あなたは何もしなくていいの、とはコンスタンツェがアーベルに言う決まり文句だ。

律儀にそれを守っていたアーベルは、小さい頃から寝台に横になるだけの日々を送っていた。

誰にも言わなかったが、レオナはそんなアーベルがほんの少し羨ましかった。

だってアーベルは寝ているだけで褒められる。言うことを守って偉いと。

対するレオナは健康だったが、そのことで褒められたことは一度もなく、お兄様の代わりにあなたが家門のために頑張りなさいという叱責ばかり受けていた。

子どもだったレオナは、家門のために頑張るとはどういうことか分からなかった。コンスタンツェはそんなレオナにさらに厳しく接し、お前は役立たずだと罵倒《ばとう》した。

そのうちに、コンスタンツェはレオナを見限《みかぎ》り、1人で社交に精を出すようになった。ファラート家がどこよりも素晴らしい家門だと世の中に知らしめるためにだ。

レオナは一層カルネの林に逃避し、帝都よりも領地で過ごすことを選んだ。

カルネだけが自分を分かってくれる。カルネだけが自分の味方だ。そう思いながら。

そんな日々に終わりが告げられたのは、4年前。

レオナは、自分がルードルフの婚約者候補に名を連ねていたことを知らされ、思わず、嘘でしょう、と呟いた。

信じられなかった。皇太子妃になんてなれっこない。そんな重い役割こなせるわけないし、そもそも領地から出たくない。

だが、浮かれているコンスタンツェにとって、レオナの気持ちなどどうでもよかった。

無理やり帝都に呼び戻し、レオナに作法のレッスンを受けさせた。レオナにとって辛い日々が続いた。

だが、始まったときと同じように、それは突然終わった。

ルードルフがレオナとの婚約をきっぱりと断ったのだ。

――カルネに選ばれしファラート家の娘をなんだと思っているの！

コンスタンツェは憤《いきどお》ったが、レオナは心の底からほっとした。

あんな不自由そうな立場、頼まれてもごめんだ。

まったく傷付いてはいなかったが、コンスタンツェがまた何か言い出す前に、レオナは傷心《しょうしん》を理由に領地に引きこもった。

そして、カルネの研究にあらためてじっくり取り組んだ。

子どもの頃から何年も観察していたが、カルネがなぜファラート家の領地だけで育つのか、結論は得られなかった。土も水はけも温度も地形も、ファラート領だからといって特別なものはないのに、他の土地ではカルネは育たない。

本当にカルネがファラート領を選んで育っているとしか言いようがないのだ。

それに関しては、レオナも両親がファラート家を選ばれし家門だと思いたくなる気持ちが分かった。だが、両親と違ってレオナは、そこから先を考える。

——ということは、もしかして他の植物もファラート領を選んでくれる可能性があるのではないかしら？

カルネだけに頼ると先細りしてしまう。

でも、もしカルネ以外の作物をカルネのように効率よく育てられたら？

レオナはこの思いつきに夢中になった。

だが、ファラート伯爵もコンスタンツェも、領地に変化は必要ないと、レオナの研究に理解を示さなかった。アーベルに至っては自分の意見などなく、すべて母の言う通りにすればいいと無気力に繰り返すだけだ。

それでもレオナはやめなかった。本を取り寄せ、論文を読み、研究者に手紙を書いて種を譲ってくれないか頼んだ。

手紙には返事が届き、レオナはますますのめり込んだ。

時にはコンスタンツェの命令で、帝都に呼び戻されるときもあった。渋々戻ったレオナは、帝都の書店で新しい本を手に入れるいい機会だと自分に言い聞かせて、コンスタンツェの社交に付き合った。

馬鹿みたいに着飾って無理やり参加させられた夜会では、諦めきれないコンスタンツェにルードルフを目で誘えと命令され、仕方なく言う通りにした。

だが、レオナが視線に込めたのは、皇太子殿下が婚約者を決めないから私がこうやって夜会に呼び出されることになるのだ、という非難がましい思いだった。

――早く、私以外の誰かと婚約してほしい。

でないと安心して研究を続けられない。

そんなレオナの気持ちが通じたのか、ついに皇太子殿下が結婚を決めたと知らされた。

これで皇太子妃にならずに済む！

レオナは心から安堵した。

さすがのコンスタンツェもこれで諦めるはずだ。カルネに選ばれしファラート家も、天に選ばれた聖女様には逆らえない。

レオナの読み通り、それ以来コンスタンツェは何も言わなくなった。

再びレオナは領地に引きこもり、研究三昧《ざんまい》の日々を送った。

夜会なんか出なくても、研究者仲間と手紙で励まし合うだけで楽しかった。領地に根付きそうな新しい種類の果物をいくつか見つけ、発芽《はつが》に成功したのも嬉しかった。

温室で、やっと土から顔を出した小さな小さな芽を見つめていると、なんとも言えない幸せを感じた。

旬が2回あると言われるカルネだが、よくよく観察すれば春に多く実る春カルネと、秋に多く実る秋カルネの2種類あることが分かった。土壌を調べると、水はけに差がある。春カルネは秋カルネより比較的多くの水を必要としたのだ。

春カルネと秋カルネの違いは、カルネそのものではなく環境だ。条件を満たせば春に実り、そうでなければ秋に実る。

そう結論付けたレオナは、春カルネと秋カルネを指標《しひょう》にし、それぞれの根元にいろんな果物を植えた。

すると、ゾマー帝国では育ちにくいと言われていたブルンザが秋カルネの近くなら順調に発芽することが分かった。

これを他の種類の果物にも応用できないか、とレオナは考えた。

例えばカルネに似たオーラシーという果実がある。実こそ小さいが比較的どこにでも生育し、カルネと同じく旬が2回ある。オーラシーとカルネを合わせて調べることで、新たな果実が育てられるかもしれない。

そうなると、ファラート家だけでなく、皆の役に立つ結果に繋がるのではないか。

レオナは未来に夢を抱いた。このまま研究を続けたい。結婚なんかしたくない。

研究の意義を分かってもらえたら、両親は私を領地に置いてくれるのではないだろうか。素晴らしい研究だね、レオナ。続けなさい。そう、言ってくれるのではないだろうか。

けれど、希望はあっさりと打ち砕かれた。

コンスタンツェは諦めていなかった。何も言わなかったのは、準備に時間がかかっていただけだった。

再び帝都に呼び戻されたレオナは、知らない間に自分がルードルフの側妃候補になっていると聞かされて呆然とした。

——よかったわね。聖女様が正妃なのは仕方ないとしても、側妃ならうちが一番ふさわしいわ。

にこやかに、そう説明するコンスタンツェがレオナは理解できなかった。

皇太子殿下が妃殿下を大切に思っているのは、領地にこもりきりのレオナでも知っている。

そんなところに割り込んでも幸せになれるとは思わない。

レオナは意を決して、コンスタンツェに訴えた。側妃などならなくても、ファラート家を繁栄させる方法を日々模索していることを。どうかこのまま領地に置いてくれないか、と。

コンスタンツェはそれには答えなかった。

微笑みを崩さずに信じられないことを口にする。

――温室なら取り壊して燃やすように言ってあるから、今さら戻っても仕方ないわよ。

レオナがそれを理解するまでしばらくかかった。

取り壊した？　温室を？　え？

――嘘でしょう？

衝撃を受けるレオナに、コンスタンツェは高飛車な態度で告げた。

――側妃があんな汚らしい温室にこだわっていたらおかしいでしょう？　これ以上手間をかけさせないで。

今までの研究の成果がそこには詰め込まれていた。レオナは初めて母に向かって叫んだ。

――そんな！　なぜ!?　なぜなんですかお母さ……きゃ！

だが最後まで言えず床に倒れ込んだ。

ふたれたと気付いたのは、大丈夫かと父が駆け寄ってきたからだ。

――お母様……？

痛む頬を押さえながら見上げると、コンスタンツェは笑顔だった。

――明日から、作法のレッスンを再開してちょうだい。

それ以降、レオナが何を言ってもコンスタンツェは聞く耳を持たなかった。

父に確かめたところ温室は本当に壊され、中身ごと燃やされたそうだ。

研究者仲間との文通も禁じられ、すべての希望を失ったレオナは疲れ果て、今こうやって長い買い物に付き合わされている。

「レオナ様、本当に素敵です」

「美しいです」

お針子たちも心得て、流れるように褒めながら、ドレスをレオナのサイズに詰めていく。

「あら、あの色も気になるわね。迷っちゃう」

ずっと上機嫌のコンスタンツェは目に入るドレスをとにかく全部欲しがった。バスティアンがすかさず対応する。

「さすがです、コンスタンツェ様。そちらは最新のデザインでして」

「いいわ、全部ちょうだい。その代わり期日は守ってね。すぐに欲しいの。でき次第、屋敷まで運んでちょうだい」

「かしこまりました。お急ぎでなければ、レオナ様のようなお美しいお嬢様には一からデザインして作りたいところです」

「残念ね、また今度」

「ぜひ！」

それだけでは終わらなかった。その調子で、靴も、帽子も購入する。

帰りの馬車の中でレオナはしゃべる気力もないくらいぐったりしていたが、コンスタンツェは目を輝かせていた。

——いっそ、お母様が側妃になればいいのに。

そう思ったが、もちろん口には出さなかった。

◆◇◆◇◆

「ファラート伯爵家のレオナ様が側妃候補だった⁉　意外ですね」

翌日、クラッセン伯爵夫人は目を丸くしてそう言いました。

執務の合間、2人きりになった際、わたくしはクラッセン伯爵夫人にだけファラート伯爵令嬢のことを打ち明けたのです。

「意外なのですか？」

執務机の向こう側で、クラッセン伯爵夫人は首を傾げました。

「はい。どちらかといえば人嫌いなご令嬢という印象です。古いお家柄で大事に育てられたらそうなるのかもしれませんが、領地にこもるのが好きで、ご友人はいらっしゃらないと聞いたことがあります。よくも悪くも自分の世界をお持ちなのでしょう」

わたくしは不思議に思い、尋ねます。

『人嫌いな方がルードルフ様の婚約者候補になったり、側妃候補になったりするのでしょうか』

結果的にどちらも実現しませんでしたが、皇太子妃や側妃になると、人々の注目からは逃れられません。

「そういえばそうですね」

クラッセン伯爵夫人も同意しました。

「レオナ様ではなく、ファラート伯爵の意向なのではないでしょうか」

「そうかもしれませんが……」

思わず考え込んだわたくしをどう思ったのか、クラッセン伯爵夫人がはっきりした口調で言いました。

「大丈夫ですわ。ルードルフ様とエルヴィラ様は帝国一の仲睦まじさです。何も心配することはありません」

「……え、ええ」

不意打ちに照れるわたくしに、クラッセン伯爵夫人は続けます。

「ルードルフ様がエルヴィラ様以外目に入らないことは、エルヴィラ様が一番ご存じでしょう。お2人の思うままお過ごしになればよろしいんですよ」

ともすればすぐに自信がなくなるわたくしを、クラッセン伯爵夫人はいつも励ましてくれるのです。わたくしは思わず本音を漏らしました。

「贅沢《ぜいたく》な悩みと言われても仕方ないのですが……ルードルフ様といると幸せすぎて、こんなに幸せでいいのだろうかと怖くなるときがあるのです」

おかしなことを言っていると自分でも思うのですが、それもまた正直なわたくしの気持ちのひとつでした。

ルードルフ様の真っ直ぐな愛情に、わたくしは報いているのでしょうか。そんなことを時折思います。

クラッセン伯爵夫人はそんなわたくしの迷いをきっぱりと断ち切りました。

「幸せを疑う必要なんてありません」

さすがです。

「……はい」

わたくしは小さく頷きます。

◆◇◆◇◆

立場が人を作るのだと、その男はずっと昔から思っていた。

庶民でも、貧乏人と金持ちがあるように。

貴族にも下位貴族と皇族があるように。

立場が人を作る。

ならば、一番上の者が一番素晴らしい。

それは誰だ？

男にとって、それはゾマー帝国唯一の聖女、エルヴィラ・ヴォダ・エーベルバインだった。

エーベルバイン、そう、エーベルバイン！

皇太子の陰謀《いんぼう》で、聖女エルヴィラは皇太子の妻にさせられていた。

「なんて、お気の毒な」

男は真剣にそう思っていた。

「ああ、エルヴィラ様。あなたほど清らかな方はいらっしゃらない」

毎朝、同じ時間にゾマー帝国の皇太子妃エルヴィラに祈りを捧げるのが、その男の習慣だった。

いや、皇太子妃エルヴィラではない。

「聖女様……」

男にとってエルヴィラは聖女、それだけだった。

だから余計に許せなかった。

「聖女様、おかわいそうに」

男は、絵描きに内密で描かせたエルヴィラの姿絵《すがたえ》に向かって話しかける。

「私めが、きっとあなたを自由にします。聖女として、聖女だけのエルヴィラ様として輝けるように」

男は窓の外の神殿の方角に視線を向ける。

「天も、私のすることを応援してくださるに違いない。エルヴィラ様を聖女として、きちんと扱うだけなのだから」

そのためにはあの皇太子から、聖女様を引き離さなくてはいけない。

どんな手を使っても。

——慎重に。

◆◇◆◇◆

数日後。

「特に怪しいところはない？」

フリッツから報告を聞いたルードルフは、訝《いぶか》しげな声を出した。目の前に立ったフリッツが報告書をめくる。

「はい。まずファラート伯爵家ですが、ご令嬢が側妃候補として名乗りを上げたこと以外は、変わりはないそうです。強《し》いて言うなら、カルネの消費が伸び悩んでいるようなので、それが娘を側妃にする理由かと」

ルードルフは首を捻った。

「だが、前にも言ったがそれなら他の貴族と政略結婚させる方が確実だ。ファラート伯爵家の家族構成は？」

「ご令嬢の他は、病弱と言われている嫡男《ちゃくなん》のアーベル様、そしてコンスタンツェ夫人ですね」

ルードルフは昔、夜会で顔を合わせたコンスタンツェとアーベルを思い出した。

ギラギラとした野心を感じさせるコンスタンツェとは対照的に、アーベルはひょろりとして青白い顔色の、覇気《はき》のない青年だった。

フリッツが報告書から顔を上げる。

「ところで、ルードルフ様のお話では、レオナ嬢は皇后陛下の炊き出しに参加することになったんですよね」

「そうだ」

「その役目は分家筋《ぶんけすじ》の娘に譲っていますよ」

「ん？　それはそれで構わないが、だったらあれはなんだったのだ」

「推測ですが、レオナ嬢は聖誕祭前後は、帝都から離れたくないのではないでしょうか」

「どういうことだ？」

「ファラート家唯一の変化が、レオナ嬢の新しいドレスの注文です。通いの使用人に聞き出したのですが、贅沢はしない家風なのに、立て続けにレオナ嬢の新しいドレスを注文しているんだとか。使用人は時期からして聖誕祭だと思うが、それにしても枚数が多いと」

ルードルフの眉間《みけん》の皺《しわ》が深くなった。

「なぜそんなに聖誕祭にこだわるんだ。やはりエルヴィラに何かするつもりか？　だが何ができる？　とにかく聖誕祭の当日、エルヴィラの護衛を最大限に増やす方向で調整を頼む」

「今でもかなりですが、仕方ないですよね。分かりました」

だが、それでも安心はできない。

――それまでに何かあったら？

ルードルフはしばらく何もない空間を睨むように見ていたが、やがてにやっと笑ってフリッツに向き直った。

「フリッツ、頼みがあるんだが」

「お断りします」

「まだ何も言っていないぞ」

「すごく嫌な予感がするので」

「まあ、聞くだけ聞いてみろ」

「……なんでしょうか」

「奥方は元気か？」

「シャルロッテですか？　変わりありませんが、まさか」

ルードルフはいいことを思いついたと言わんばかりに頷いた。

「ファラート伯爵にはああ言ったが、あと一枠《ひとわく》ならねじ込める。シャルロッテに王立図書館への特別立ち入り許可証と引き換えに、聖誕祭に会合から参加してくれないか聞いてくれ」

宮廷に勤めるものなら誰でも王立図書館を利用できるのだが、一部の持ち出し禁止区域には特別な立ち入り許可証が必要なのだ。

頭痛でもするのか、フリッツはこめかみを人差し指で押さえながら呟く。

「そんなの絶対に承諾するに決まってるじゃないですか……それでなくても、あの人は面白いことが大好きなんですよ……」

「それはよかった」

「よくないですよ！」


そしてその夜。

「シャルロッテ、ちょっといいかな。話があるんだ」

帰宅したフリッツは、夫婦の寝室でシャルロッテにそう切り出した。すでに部屋着でくつろいでいたシャルロッテは、フリッツのあらたまった様子に首を傾げる。ソファの隣の場所を空けながら、問いかけた。

「どうしたの？　エリーゼとイレーネならもう寝ちゃったわよ」

シャルロッテの隣に座りながら、フリッツは残念そうに呟いた。

「遅かったか。明日の朝にでも、顔を見にいこう」

エリーゼとイレーネはフリッツとシャルロッテの愛娘たちだ。夜も遅いので、乳母に寝かしつけられ子ども部屋で寝息を立てている。

「そうしてあげて。それで？」

言いにくそうなフリッツにシャルロッテが先を促す。

「いい話？　悪い話？」

「君にとってはいい話じゃないのかな」

シャルロッテはくすくすと笑った。

「それでそんなに暗い顔をしているのね。私がまた無茶をすると思っているんでしょう」

「まあそうだ」

結婚して7年になるが、どこか鷹揚《おうよう》というか、自分の好奇心を優先するシャルロッテにフリッツは振り回されてばかりだった。

だが確かにシャルロッテならばエルヴィラとも親しく、身分的にも聖誕祭の会合にもふさわしい。内側から何か不審なことがないか見張るのにもってこいの人材だ。

フリッツはルードルフの依頼の内容をかいつまんで報告した。

「レオナ・ファラート伯爵令嬢が、ルードルフ様の側妃候補に？　まさか」

事の経緯を聞いたシャルロッテは、その名前に目を丸くした。

「何か知っているのか？」

「いいえ、この前偶然お見かけしただけだけど……フリッツ、バルフェット侯爵夫人はこの件には絡んでいないの？」

「バルフェット侯爵夫人？　いいや、今のところ名前は出ていないが、なぜだ？」

「なんでもない。私の気にしすぎかもしれないわ」

「まあ、そういうわけでルードルフ様は、君に聖誕祭の会合に参加してほしいそうだ。見返りは、王立図書館に自由に立ち入りできる許可証が――」

「行きます」

フリッツは諦めたように頷いた。

「即決だな……分かっていたけど。では逐一報告を頼む」

「私の視点でいいのね？」

「できるだけ客観的な視点で頼む。それから」

「まだ何かあるの？」

事務的に問い返すシャルロッテとは対照的に、フリッツは声を落とした。

「……危ないことは絶対しないでほしい」

シャルロッテは微笑んだ。

「分かってる。エルヴィラ様の身の安全を第一に、ね」

「いや、君の安全も第一だ」

「あら」

シャルロッテはフリッツの頬に手を伸ばす。

「大丈夫よ」

「君といると心臓がいくつあっても足りない」

「フリッツの心臓が特別頑丈なことは私のお墨付きよ」

「君に鍛えられているから？」

「そう」

フリッツは諦めたように、シャルロッテの指を掴《つか》んで自分の唇に当てた。

◆◇◆◇◆

聖誕祭の会合はもうすぐだ。

いよいよ第1回目の、聖誕祭の会合の日がやってきました。

今年が初参加のわたくしは、神殿に向かう馬車の中で、ローゼマリーと一緒に参加者の確認をします。

「参加者はエルヴィラ様を含めて15名ですね。神殿から3名、修道院から3名、枢機卿《すうききょう》から3名、貴族からはあと2名、平民から3名……まあ！」

名簿を見ていたローゼマリーが、わたくしに向き直って言いました。

「今年はシャルロッテ様も参加されるんですね。エルヴィラ様、ご存じでした？」

「知らなかったわ。あとでお話しできるかしら……」

シャルロッテ様のことですから、わたくしを驚かそうと黙っていたのかもしれません。

「楽しみだわ」

初めての聖誕祭に胸を弾ませているわたくしには、石畳を進む馬車の車輪の音までどこか軽快に聞こえます。

寒い日々は続きますが、まだ本格的に雪が積もることがないので助かりました。一説によると、聖誕祭を終えるまで本格的な積雪はない年が多いとか。恥ずかしがり屋の聖女様の計らいでしょうか。

「シャルロッテ様とわたくし以外で、今年から参加する方はいらっしゃる？」

ローゼマリーははきはきと答えます。

「エルヴィラ様とシャルロッテ様以外だと……あっ、ショール商会は今年から代替わりして、新しく商会長になったギルベルトさんが参加します」

「確か、帝国でも一二《いちに》を争う大商会ですよね」

帝国内の日用品を、ほぼすべて扱っているという商会です。わたくしが記憶を辿《たど》って呟くと、ローゼマリーも頷きました。

「23歳とまだお若いですが、ギルベルトさんは、聖女信仰の敬虔な信者で、エルヴィラ様の信奉者だという噂ですよ。私も何回か神殿で顔を合わせたことはありますが、私がエルヴィラ様付きの侍女だと知ってからは、エルヴィラ様の話を聞きたがって大変でした」

「まあ、それで大丈夫だったの？」

思わず聞くと、ローゼマリーは言いにくそうに答えました。

「ええ……今は、その、クリストフが一緒に来てくれますので、追い払ってくれるというか」

私は安心して微笑みます。

「じゃあ、なんの心配もないわね」

ローゼマリーは顔を赤らめて頷きました。

「……はい」

「それにしても、そんな敬虔な信者の方がいらっしゃったんですね」

お会いした記憶がないので、わたくしは首を捻ります。ローゼマリーが付け足しました。

「以前から神殿に寄付を欠かさなかったショール商会ですが、エルヴィラ様がゾマー帝国にいらっしゃってからさらに大量の寄付を施《ほどこ》すようになったそうですよ」

わたくしはショール商会長よりも、ローゼマリーの情報網に驚きます。

「どうしてそんなに詳しいの？」

ローゼマリーは平然として答えました。

「聖誕祭は『乙女の百合祭り』と並ぶ祭祀《さいし》ですから、信者同士、いろいろと情報を集めているんです」

「そういうものなのですね……？」

トゥルク王国にはなかった熱量を感じます。とりあえずわたくし目当てかは置いておいて、新しい商会長の顔は覚えなければいけませんね。

そんなことを考えていると、

「あらあら」

ローゼマリーが、再び小さい声で呟きました。

「どうしました？」

「あっ……申し訳ございません。大したことではないんです。バルフェット侯爵夫人もご参加なさるのを今知ったので、つい」

「何か問題あるのですか？」

バルフェット侯爵夫人といえば、あの日、レオナ・ファラート伯爵令嬢と一緒にいた方です。

ローゼマリーは慌てたように言い添えました。

「あ、いえ、そういうわけではありません。たまに私も神殿で顔を合わせることがあるのですが、バルフェット侯爵夫人は、その、儀式の細部まで重んじる方なので、厳しいという噂がありまして……聖誕祭もきっちり執《と》り行うのではないでしょうか」

「そうなのですね」

ローゼマリーに付き添いを頼んで正解だったと思いながら、わたくしはそれらを記憶に刻み、レオナ・ファラート伯爵令嬢のことはひとまず頭から追い出します。今は聖誕祭に集中するときです。

「親子ほど年齢の違う人たちや、立場が違う人が集まるのですね」

『恥ずかしがり屋の聖女様』の聖誕祭はそうやって続いてきたのだと思うと、胸が熱くなりました。

「あの、でも」

わたくしの言葉をどう受け止めたのか、ローゼマリーが突然、わたくしを励ますような口調で言います。

「いろんな方がいらっしゃっても、エルヴィラ様に最終的な決定権があると思います！」

わたくしは微笑みました。ローゼマリーはこういうとき、いつもわたくしの肩を持ってくれるのです。

「そんなことはありませんよ。それに、意見はひとつではない方がいいでしょう」

「そうなのですか？」

そんな話をしているうちに、馬車は神殿に着きました。

神殿の奥までは馬車で進めないため、かなり手前で降りて歩かなくてはいけません。わたくしは御者《ぎょしゃ》が扉を開けるのを待ちました。

「エルヴィラ様、どうぞ」

「はい」

まず先にローゼマリーが降り、次にわたくしが降りようとします。ところが。

「ようこそ！　エルヴィラ様！」

歩き出したわたくしたちの道の両脇に、何人かの若者たちが並んで立っていました。

「これは……？」

困惑したわたくしが辺りを見回し、クリストフが警戒するようにわたくしの前に立ちます。

「初めましてエルヴィラ様！　ご挨拶することをどうぞお許しください！」

並んで立っている若者たちの中で、一番仕立てのいい服を着た、茶色い巻き毛に茶色い瞳の若者が、転がるようにわたくしの前に飛び出して言いました。

「お会いできるこの日を待ち望んでいました！　私、ショール商会のギルベルトと申します。どうぞ、ギルベルトとお呼びください！」

「……ではあなたが新しい商会長」

先ほど聞いたばかりの名前だったので思わず呟くと、ショール商会長はその場に跪《ひざまず》きました。

「知っていてくださった！　ああ！　なんと光栄な！」

「おめでとうございます！　ギルベルト様！」

「商会長！　よかったですね！」

並んでいた若者たちが一斉に拍手します。

――なんなんですか？　これ。

わたくしが呆気《あっけ》にとられていると、再び立ち上がったショール商会長が朗々《ろうろう》と言いました。

「エルヴィラ様のことはお噂でかねがね。特にエルヴィラ様がトゥルク王国を立ち去った際、船という船が悲しみのあまり自ら海に沈んでいったというお話を聞いて、これぞ聖女様と身震いする――」

「ショール商会長、そこで話をされるとエルヴィラ様が進めません」

クリストフがはっきりと言いました。ショール商会長は、ははっと笑います。

「ああ、これはクリストフ様。失礼しました。お久しぶりです」

「お久しぶりです。ですが今は挨拶よりも通していただけますか」

「これはうっかり。エルヴィラ様とお会いできる嬉しさで、昨夜も眠れませんでしたから。興奮しているのかもしれません」

クリストフの隣に並んだローゼマリーも口を挟みます。

「ギルベルトさん、こちらの従者たちは、あなたが？」

若者たちは、よく見ると一様に同じ上着を着ています。ショール商会の制服なのかもしれません。

「ええ。聖女エルヴィラ様をお迎えするために、このギルベルトが用意させていただきました。すべてうちの商会の者です。さあ、エルヴィラ様、どうぞ真ん中をお通りください」

わたくしはローゼマリーに小さく首を振って見せました。ローゼマリーにはそれだけで通じます。

「ギルベルトさん、エルヴィラ様は普段通りのお迎えをお望みです。次回はどうかこのようなことのないように」

「え……しかし、私はエルヴィラ様のためを思って」

納得できない様子のショール商会長に、わたくしも言い添えます。

「お気持ちだけありがたく頂戴《ちょうだい》します。ですがわたくしは、ここでは皇太子妃として参加しているので、今後、聖女としてのお気遣いは無用です」

「まさか！」

ショール商会長は、信じられないというように目を丸くしました。

「皇太子妃として？　それだけですか？　聖女様なのに？」

クリストフがショール商会長の前に立ち塞がりましたので、わたくしは声だけでお答えしました。

「聖誕祭は、あくまでも恥ずかしがり屋の聖女様の生まれた日をお祝いするものですから」

「そんな！」

「会合が始まりますよ」

わたくしは若者たちの間ではなく脇道を使って会合室へと向かいます。どこか不安な予感を抱えながら。

◆◇◆◇◆

予感はすぐに的中しました。

「本物の聖女様でいらっしゃるエルヴィラ様が参加できる今年の聖誕祭は、是非とも派手にいきましょう！」

会合が始まるとすぐに、ショール商会長が熱く語り出したのです。

「いや、それはどうかと思います」

神官のコンラート様がやんわりと反対しました。さらに。

「開始早々、これでは先が思いやられるわ」

わたくしの向かい側に座っていたバルフェット侯爵夫人も、厳しい声でそう言います。

本当にその通りです。

ほとんど白髪になった金髪をきっちりとひとつにまとめたバルフェット侯爵夫人は、誰よりも背筋を伸ばし、大声を出しているわけでもないのに佇《たたず》まいだけで場をぴりりと引き締めます。

「皆様、発言には挙手が必要ですよ」

進行役のエリック様が、苦笑しました。

会合は神殿に用意された円卓のある会議室で行われているのですが、挙手さえすれば身分を問わず、意見を述べることができます。

「では」

「はいはいはいはい！」

ショール商会長が勢いよく手を上げましたが、バルフェット侯爵夫人の方がわずかに早かったようで、エリック様はそちらを指名しました。

「バルフェット侯爵夫人、どうぞ」

「儀式とはいつも同じだから意味があります。変更する意味はないでしょう」

同感です！

わたくしはバルフェット侯爵夫人を見つめて頷きました。けれど夫人はわたくしの視線には気付かなかったように俯きます。

「はいはいはいはい！」

「ショール商会長、どうぞ」

指先までピンと伸ばして挙手したショール商会長が、やっときた出番に嬉しそうに反論します。

「私とて儀式を変えるつもりはありませんよ。儀式の前と後を派手にしようというお話です！それならいいでしょう！　街道へのパレードを付け足して、儀式後の歌や踊りも、豪華に！

子どもたちに歌わせましょう！」

どうしても派手に行いたい様子のショール商会長は引き下がりません。

「だが費用が」

コンラート様が挙手をして渋ります。

「ショール商会が出します」

負けじと手を上げてショール商会長が反論します。

「そんなわけには」

「いえいえ、ご安心ください！　我が商会はそれくらいの寄付でびくともしません」

「エルヴィラ様はどうお考えですか」

会合の進行役であるエリック様が、突然わたくしに問いかけます。わたくしも挙手をしてから意見を述べました。

「反対です」

「えっ⁉」

ショール商会長は目を丸くしましたが、意見を変えるつもりはありません。エリック様が明らかに楽しんでいる笑顔で、再度問いかけます。

「理由をお聞きしても？」

「毎年続けられることが大切だと思います。今年はできても来年はできるかどうか分からないことには、やはり慎重《しんちょう》になるべきかと」

ざわざわと、頷く声が聞こえました。

「それもそうですね」

「確かに」

ただ一人、ショール商会長だけが悲痛な叫び声を上げます。

「そんな！　なぜ！　エルヴィラ様！　もう一度よくお考えになってください」

「ショール商会長！　もう少し、静かに意見を述べなさい！」

ついに、バルフェット侯爵夫人が苛々した声を出しました。

「去年まではこんなに騒がしい会合ではなかったわ！　まったく！」

バルフェット侯爵夫人がわたくしをじろりと睨んでそう言います。確かに、わたくしがここにいるからこそ儀式を派手に、という発想になるわけでして、少々責任を感じました。

「ふむふむ」

ふと、隣を見ますとシャルロッテ様が、何か呟きながらメモを取っています。

「……あれがショール商会長……あっちがバルフェット侯爵夫人……枢機卿の3人は髪型が似ているから難しいわ……」

シャルロッテ様もわたくし同様会合に初参加なので、皆様のお顔と名前を覚えようとしているのでしょうか。

「なぜです……なぜです……なぜです」

静かに、と注意されたショール商会長が、震える声で言いました。

「騒がしくて結構じゃないですか！　これが静かにしていられますか！」

注意される前よりも大きな声で主張します。

「皆さん、よく考えてください！　エルヴィラ様がいらっしゃるんですよ！　今年はいつもと違う年なんです！　なぜ、今までと同じことをしようとするのですか！　エルヴィラ様は奥ゆかしいから仕方ないとしても、あなたたちはどうなんです！」

その言葉に3人の枢機卿たちが反応しました。わたくしをチラチラ見ながら小声で話しているのが聞こえます。

「確かに……」

「生身の聖女様が参加する聖誕祭なんて初めてだ」

「ここはいっそ……」

それはいけない、とわたくしは思いました。

わたくしがここに来る前からゾマー帝国では『恥ずかしがり屋の聖女様』の聖誕祭を行って

いたのです。その流れを変更してはいけません。

聖女ではありますが、生身のわたくしは必ず死を迎えます。

――いつかいなくなるわたくしのために、脈々《みゃくみゃく》と続いてきた儀式を変更するわけにはいきません。

そう言おうとして手を上げかけましたら、わたくしより先にバルフェット侯爵夫人が挙手し発言しました。

「皇太子妃殿下がいらっしゃるというだけで派手にする必要はありません。むしろ今まで通りにすべきです」

我が意を得たり、とわたくしは深く頷きましたが、バルフェット侯爵夫人は再びぎろりとわたくしを睨みつけました。ショール商会長が素早くそれを見咎《みとが》めます。

「バルフェット侯爵夫人！　今の目付きはどういうことです！　聖女様に対する態度ではないでしょう！」

「ショール商会長、わたくしは平気ですから……あの、一言、よろしいでしょうか」

わたくしは挙手をして発言を求めました。エリック様が頷きます。

「聖誕祭の儀式そのものは、わたくしは今代の聖女として見届けますが、それ以外の事前準備や後片付けなどは、皇太子妃として参加します。歴代の皇太子妃がしてきたことをわたくしもさせていただくつもりですので、そこをお間違えないようにお願いします」

場がざわめきました。わたくしがそこまではっきり線引きするとは皆様思っていなかったのでしょう。

「そんな……エルヴィラ様」

ジョール商会長は絶望したような顔になりました。

「わざわざおっしゃらなくてもいいことでしょう」

バルフェット侯爵夫人が冷ややかに言います。すると、今まで黙っていたシャルロッテ様が挙手しました。

「エルヴィラ様の立場はさておき、儀式に関しては集計を取ったらどうでしょう」

エリック様がなるほど、というように頷きます。

「今まで通りか、派手にするかの集計ですね」

「このままでは埒《らち》が明《あ》かないんですもの」

「それがいいな」

コンラート様も同意し、それでは、とエリック様が言いました。

「今年の聖誕祭を今まで通りでいいと思う方、手を上げてください」

ばらばらと手が上がりました。わたくしももちろん手を上げます。シャルロッテ様は面白そうに目を輝かせていますが、手は上げていませんでした。

「いち、に、さん、しい……」

エリック様が慎重に人数を数えました。コンラート様も確認します。

「11人。よって、今まで通りにします」

わたくしは胸を撫《な》で下ろしました。

「そんな！」

ですがショール商会長はまだ諦めません。挙手してさらに、立ち上がって演説を始めました。

「よく考えてください。ここで派手にする方が信者も喜びます。予算がないというのなら、私が出します！　これで文句はないでしょう？」

「しかし」

「予算を出してくれるならいいんじゃないか」

バルフェット侯爵夫人の隣に座っていた枢機卿のアーレンツ様が頷きました。ショール商会長は説得を続けます。

「繰り返しますが、今年はエルヴィラ様がいらっしゃるんですよ！　このことの重大さを皆様分かっていらっしゃらない！」

わたくしの申し上げたことを理解してくださらない様子のショール商会長を、なんとか落ち着かせようと、わたくしは立ち上がりかけました。

ところが。

「いつまで駄々をこねているんですか！」

わたくしより先に立ち上がったバルフェット侯爵夫人が一喝《いっかつ》しました。

「なんのための集計だと思っているんですか!? 商会長のくせに、約束も守れないのですね！

ショール商会はその程度の商会なのですか？ 商売に大切なのは信用だと思っていましたが！」

商売のことを出されたら、黙るしかなかったようです。ショール商会長が手のひらを握りしめて下を向きました。

「結論が出たようですね」

エリック様がまとめに入りました。

「儀式は今まで通り行います。ショール商会長の寄付をしてでも、というお気持ち、恥ずかしがり屋の聖女様は分かってくださっていると思いますよ」

ショール商会長は、黙って頷きました。

「次回の会合は7日後です。最後に皆様でお祈りを捧げましょう」

エリック様の言葉に、皆、手を組んで目を瞑《つむ》りました。

――なんだかとても疲れました。

お祈りが終わって立ち上がると、バルフェット侯爵夫人がやはりわたくしを睨むように見つめていました。わたくしは思わず声をかけようとしましたが、その前に、侯爵夫人は部屋を出ていってしまいました。

◆◇◆◇◆

「エルヴィラ様、宮廷に戻るのなら一緒に帰りませんか？　もちろんローゼマリーさんも。そのために、大きめの馬車で来ましたの」

帰り際、シャルロッテ様にそう声をかけられ、ついつい弾んだ声を出しました。

「よろしいんですか？」

「ええ。フリッツからもそう言われているので」

シャルロッテ様は意味ありげに頷きました。

「なぜでしょう？」

けれどシャルロッテ様はそれには答えず、にこやかに微笑みます。

「それでは外でお待ちになって。わたくしもすぐに向かいます」

「分かりました」

弾んだ気持ちで表に向かっていると、ローゼマリーがわたくしの隣を歩きながら言いました。

「わざわざ馬車を用意してくださるなんて、シャルロッテ様も、エルヴィラ様とゆっくりお話ししたいんですね」

「わたくしもシャルロッテ様とお話しできるのは嬉しいわ」

ローゼマリーがふふっと思い出すように微笑みました。

「この間は1時間ほど噴水の仕組みと水を引く技術についてお話していましたね」

「その次お会いしたときは、新しいドレスに合わせる靴の先端の尖り方についての考察でした」

「今日はなんでしょう」

「本当に」

そんなことを話していると、あっという間に馬車の停車場の近くまで来ました。

来たときのように、また両端に従者たちがいて拍手されたらどうしようかと心配したのですが、幸いにも誰もいませんでした。

ローゼマリーがわたくしたちの馬車の御者に、先に戻るように伝えにいきます。

枢機卿のアーレンツ様やボンク様、シドヴァ様もこちらに馬車を置いているようで、従者と一緒に帰りかけるところでした。神殿からいらっしゃったエリック様やコンラート様、オーラフ様は馬車に乗る必要なく、ギート様やテリー様、ウォーレン様など修道院の方も歩いて裏の畑に向かわれたようです。

そんなふうに人の流れを見ていると、意外な方に声をかけられました。

「皇太子妃殿下、失礼ながらお聞きしたいことがあるのですがよろしいでしょうか」

帰ったかと思われたバルフェット侯爵夫人です。

「なんでしょうか」

わたくしが大丈夫だと合図したので、クリストフが少し離れたところで見守っています。バルフェット侯爵夫人は張りのある声で言いました。

「単刀直入にお聞きします。先ほど妃殿下は皇太子妃としてここにいらっしゃるとおっしゃいましたが、それなら儀式のときだけ聖女として参加すればいいのではありませんか？　なぜわざわざ会合からいらっしゃるのでしょう？」

「聖誕祭の会合の参加は、代々皇太子妃の役目だからです」

「ですが、ショール商会長はあなたを聖女としてだけ見ているようですが」

「そうかもしれませんが、わたくしとしては、現時点では皇太子妃としてここにいるつもりです」

バルフェット侯爵夫人は、ふうん、と低い声で頷きました。

「どちらも中途半端な結果にならなければいいですがね。失礼します」

反論する間もなく、バルフェット侯爵夫人は立ち去りました。

「なんなんですか、あれは！」

「きゃ！」

ちょうど戻ってきたローゼマリーを押し退《の》けるように走ってきたのはショール商会長です。よろめいたローゼマリーをクリストフがすかさず支えました。ローゼマリーがすぐに体勢を整えたのを確認してから、わたくしは問いかけます。

「ショール商会長、聞いていらっしゃったのですか？」

「途中からです。ああ、エルヴィラ様、先ほどは申し訳ありませんでした。どうかギルベルトとお呼びください……しかしバルフェット侯爵夫人の態度は許せませんね」

「そんなことありません。夫人の主張には共感できますわ」

「そうですか？」

「ショール商会長もご尽力ありがとうございます」

「いえ、そんな！　あの、ギルベルトと」

「それではまた次回。ごきげんよう」

遠目にシャルロッテ様がいらっしゃるのが見えました。わたくしはローゼマリーと連れ立って立ち去ろうとします。

けれどショール商会長は、それでもなおわたくしたちの前に立ち塞がりました。

「エルヴィラ様、どうぞ離宮までお送りさせてください。エルヴィラ様のために、一流の馬車を用意しているのです」

わたくしは首を振ります。

「お気持ちだけありがたくいただきます」

「ご遠慮なさらず」

「ギルベルトさん、失礼ですよ」

ここでも引き下がる気配のないショール商会長に、ローゼマリーがいつもより強い口調で言いました。

「失礼？　失礼とはどういうことですか。大体《だいたい》あなたはいつもエルヴィラ様と一緒にいられると思って――」

「先約があります」

話の途中ですがわたくしは口を挟みました。

「ではそのお約束のところまでお送りします」

ショール商会長はそれでも食い下がりましたが、

「残念でした」

軽快な声がそれを阻《はば》みます。

「エルヴィラ様はこのシャルロッテがしっかりと送り届けると、皇太子殿下に頼まれておりますので」

いつの間にか近くまで来ていたシャルロッテ様でした。

その頃になると我慢できなくなったのでしょう。クリストフが殺気に満ちた目でショール商会長を睨んでいます。

「皇太子殿下に……かしこまりました。ではいずれ、また」

さすがのショール商会長も引き下がりましたが、シャルロッテ様は容赦《ようしゃ》ありません。

「いいえ、次回もわたくしがお送りします。馬車とはいえ、エルヴィラ様を男性と2人きりにさせるわけにはいきませんもの」

「私にそんな下心はありません！」

「もちろんですわ。それでは失礼します」

その場に立ちすくむショール商会長を置いて、わたくしたちは移動しました。

ようやく乗り込んだ馬車の中で、シャルロッテ様は言います。

「ルードルフ様に頼まれているのは本当なんですよ。送り迎えだけでなく」

これには驚きました。いつの間に？

「ルードルフ様から何を頼まれているんですか？」

率直に聞くと、シャルロッテ様はクスッと笑って言いました。

「できる限り一緒にいるように、と」

「どうしてですか？」

「分かりません。でもきっと、そのうちにエルヴィラ様にお話しになるでしょう」

シャルロッテ様は青い瞳を輝かせます。

「今日はとても楽しかったですわ！　ふふふ」

その後、宮殿に着くまでの間、シャルロッテ様の最近の考察、神殿の外壁の石の積み方についての話を伺いました。


「それではエルヴィラ様、ごきげんよう」

「ごきげんよう、シャルロッテ様」

宮廷に到着すると、フリッツ様のいらっしゃる閣僚棟に向かうシャルロッテ様に別れを告げ、わたくしとローゼマリーはいつもの離宮に戻ります。

「お疲れ様、ローゼマリー」

「エルヴィラ様こそ、お疲れでしょう。きっとエルマが甘いものを用意して待っていますよ」

「楽しみですね」

そんなことを話しながらふとローゼマリーを見ると、首元が寒々しいことに気が付きました。

いつも神殿関係の仕事をしてもらっていて、外に出ることが多いローゼマリーです。

――何か贈り物でもしようかしら？

暖かなストールや、毛皮のつけ襟なんていいかもしれません。

◆◇◆◇◆

エルヴィラが聖誕祭の最初の会合に参加してから数日後。

「ルードルフ様、シャルロッテからの報告がまとまりましたが、今お聞きになりますか？」

フリッツがシャルロッテの報告書を手に、ルードルフの執務机の前に立った。

それまで読んでいた書類をざっと隅に寄せて、ルードルフは頷く。

「もちろんだ」

少しだけ何か言いたげな顔をしたフリッツだったが、すぐにその報告書を読み上げた。

「えーと……会合の内容に疑問を感じます。あれだけの人数が集まる意味が分かりません。だけど、それすら儀式の一部だと言われたら納得するしかありませんね。聖誕祭にかける国庫の支出の内訳が知りたいです、だそうです」

「なんだそれ」

「ですから、我が妻シャルロッテの聖誕祭の会合についての報告書です」

「予想以上に本気だった。あー、内訳については善処する、と答えてくれ」

「承知しました。あと、エルヴィラ様についてですが、エルヴィラ様は我が道を進んでます、お気になさらず、とのことです」

ルードルフは瞬《まばた》きを繰り返した。

「それだけ？」

「はい。あとは、枢機卿たちの似顔絵も見せてくれましたが、必要ですか？」

ルードルフが手を伸ばしたので、フリッツはシャルロッテが描いた3人の枢機卿たちの似顔絵を渡した。ルードルフがそれを眺めて頷く。

「シャルロッテは本当に多才だな……」

「似ていますよね。あと、ショール商会のギルベルトとバルフェット侯爵夫人についてですが」

「それも似顔絵か？」

「いいえ、文章ですね。勝負にならず。バルフェット侯爵夫人の貫禄《かんろく》勝ち、だそうです」

「よく分からんが、まあ分かった。他は？」

「以上です」

ルードルフは目を細めて呟いた。

「シャルロッテに遊ばれている気がするが、気のせいか？」

ソリッツは笑顔で答える。

「我が妻はルードルフ様のために常に一生懸命ですよ」

「了解した。他は？」

「特に何もありません。このまま平穏無事に聖誕祭を迎えられたらいいんですが」

「本当だよ」

ルードルフは深いため息をついた。

3章　お互い感じている寂しさを出さずに別れを告げる

そして第2回目の会合の日。

コンスタンツェは注文したドレスで着飾ったレオナと共に、馬車に乗った。

「神殿へ行ってちょうだい」

「かしこまりました」

——ああ、楽しい。

ガラガラと石畳を走る車輪の音を聞きながら、コンスタンツェは心からそう思う。これでフアラート家も安心だ。レオナを側妃にして、再びカルネを流行《はや》らせればいい。

元はと言えば、あの聖女様が自分の国の果物を流通させたせいでカルネの消費が落ち込んでいるのだ。これくらいしても構わない。

トゥルク王国の名産の果物が流通するよりも前からカルネの消費は落ち込んでいたのだが、コンスタンツェはすべて自分の都合のいいように解釈していた。

——レオナが側妃になったら、エラお姉様も驚くでしょうね。

十数年は会っていない姉を思い浮かべて、コンスタンツェは防寒のために着た毛皮をそっと撫でる。その表情は充足感に満たされていた。

コンスタンツェはシュルツ男爵家の次女として、ひたすら甘やかされて育った。3歳年上の姉エラはしっかり者でわがままひとつ言わなかったが、父親であるシュルツ男爵は甘え上手で要領のいいコンスタンツェの言うことばかり聞いた。

ドレスを買ってもらうのもコンスタンツェから。お土産で好きなものを選ばせてもらうのもコンスタンツェから。ぬいぐるみもリボンもお菓子も、コンスタンツェが先に取って、エラはおこぼればかりだった。

いいのよ、私はあとで、とエラはいつも控えめに笑っていたが、コンスタンツェの目にはエラがあとから選んだものの方がよく見えた。

やっぱりそっちがいいと交換しても、満足できない。コンスタンツェは常にエラが手にしたものが欲しくなる。それがいつも悔しかった。ずるい。いつものお姉様ばかりいいものを持ってずるい。エラお姉様はずるい。

派手で人の目を惹くのはコンスタンツェだったが、着飾ることをしないエラには滲み出る美しさがあった。知的で、よく考えてから行動するエラは、使用人たちにも信頼されていた。

ドレスをたくさん買ってもらっているのは私なのに、使用人を大勢使っているのは私なのに、なぜ敵《かな》わない気分になるのだろうかと、コンスタンツェはいつも悔しい気分を噛み締めていた。

母はそんなコンスタンツェをわがままだと言った。コンスタンツェはそれも気に入らなかった。お母様はお姉様の味方ばかりする。

話にならないと母はコンスタンツェを遠ざけ、エラを重点的に教育した。

母のお気に入りのエラと、父のお気に入りのコンスタンツェ。役割分担は、それなりに上手くいっているように見えた。父が愛人の子どもを引き取って育てると言うまでは。

——弟？　聞いていないわ。誰それ、なぜ？

そう言って驚いたのはコンスタンツェだけで、母もエラも父に愛人がいたことも、そこに息子が生まれたことも知っていた。父に特別大事にされていたと思い込んでいたコンスタンツェは、愕然《がくぜん》とした。父がコンスタンツェに与えていたものは、コンスタンツェが望むものではなかったのだ。

異母弟が後継になるからには、エラもコンスタンツェも年頃になると結婚して出ていかなくてはならない。

結婚なんかしたくないと、コンスタンツェは駄々をこねたが、これだけは父も譲らなかった。そろそろ決めなさいと娘たちに2つの縁談を差し出した。どちらかが一方を選び、残った方がもう一方を選ぶのだ。

ひとつはカルネに守られしファラート伯爵家で、もうひとつは北部に領地を持つラザル伯爵家だった。

コンスタンツェは迷わずファラート伯爵家を選んだ。寒さに厳しいラザル伯爵領でこの先の人生を過ごすなんてごめんだ。それならば帝都に近く、名前の知られているファラート伯爵家の方がいい。エラもそれでいいと言った。

さすがに今回はやり直しはきかないと父にも母にも厳しく言われ、コンスタンツェも納得した。あんな辺鄙《へんぴ》なところは死んでも嫌だったからだ。

2人の姉妹はそのようにして、別々のところに嫁いだ。

だが、結婚生活はコンスタンツェが思ったより退屈だった。カルネに守られし家門は、言い換えれば何もしなくていいということ。一男一女を産んだあとは、夜会や舞踏会やお茶会に顔を出すことだけが生きがいになった。しかし夫であるファラート伯爵は、変化を嫌う吝嗇家《りんしょくか》だったため、遊びにも限りがある。

退屈を持て余したコンスタンツェは、一度はその生活を受け入れようとした。だが、風の噂でフザル領に温泉が湧き、女主人であるエラの采配《さいはい》のおかげで保養地として活用されていると聞いて、居ても立ってもいられなくなった。

フザル領は繁栄する一方で、エラは使用人からも領民からも、もちろんラザル伯爵からも愛されているのだ。

悔しい、とコンスタンツェは思った。

——本当ならその名声は私のものだったのに。

取り替えっこができないならせめて見返してやりたい。

ラザル伯爵家には３人の息子がいて、それぞれ頼もしく成長しているようだ。それすら病弱なアーベルへの当てつけに思えて忌々《いまいま》しかった。まだ諦めたくない。何かあるはず。お姉様を悔しがらせる方法が。

コンスタンツェは、レオナに目を付けた。

小さい頃は猿のように木に登ってばかりだったが、自分に似て見た目は悪くない。作法を厳しく教え込めば、それなりに育つだろう。そしてどこよりも高貴なところにお嫁にいかせる。たとえば——皇室とか。

カルネに守られし我が家門なら、皇太子妃にふさわしい。お姉様には真似できない。娘がいないのだから。

コンスタンツェは夫を説得して、社交性を発揮し、なんとかレオナを皇太子殿下の婚約者候補にすることに成功した。あとは皇太子がレオナを気に入ればいいだけだったが、肝心なときに消極的なレオナのせいで断られた。

コンスタンツェは激怒した。

レオナの顔など二度と見たくなかった。レオナもそれを察したのか領地に引っ込んだまま出てこなかった。そうしているうちに皇太子殿下は結婚した。

エラの高笑いが聞こえてきそうで、コンスタンツェが怒りに燃えていると、あの男が声をかけてきた。


男が最初にコンスタンツェに話しかけてきたのは、ルードルフがエルヴィラと結婚して半年以上たったある日のことだった。

気分転換にファラート伯爵に内緒で宝石でも買おうと外出したコンスタンツェに、男が店先で声をかけた。

「ファラート伯爵夫人ですね。ルードルフ様の婚約者候補だったレオナ様のお母様でいらっしゃる」

「それが何よ」

コンスタンツェはムッとしたが、男は気にせず無遠慮な質問を続けた。

「皇室に近付くことはもう諦めましたか？」

「失礼ね！」

男は爽《さわ》やかな笑顔を浮かべた。

「もしまだお気持ちが残っているのなら、レオナ様をルードルフ様の側妃にさせませんか？　そのための費用はすべてお渡ししますので」

「側妃？」

「ええ、悪い話ではないでしょう？　最近、カルネの消費も伸び悩んでいると聞いていいます。お望みならそちらの方も力になれると思いますが」

「……詳しく聞かせて」

側妃。

まだあった。

お姉様を見返せる方法が、まだあった。

コンスタンツェは男の話を聞くことにした。


そして今、我が娘ながら美しく着飾ったレオナと共に、コンスタンツェは神殿に向かっている。レオナの膝には、籠に入った大量のカルネがあった。

あの男の言う通りにすればレオナは側妃になれるのだ。レオナが皇太子との子どもを産めばファラート家は外戚《がいせき》としてさらに安泰《あんたい》だ。

そうすれば、今度こそエラの悔しがる顔が見られる。

——あと少しだわ。

華々しい未来を思い描いて笑みを浮かべたコンスタンツェは、「あの男」がなぜそんなにしてまでレオナを側妃にしようとしているのか、周りの有力な貴族たちはどうして娘をルードルフの側妃に送り込もうとしないのか、考えもしなかった。

馬車は一層軽快に走って、レオナたちを神殿に向かわせる。

◆◇◆◇◆

「エルヴィラ様、お疲れ様です」

「お疲れ様でした」

2回目の聖誕祭の会合も滞りなく済みました。なんとか儀式は今まで通りに行われそうです。

わたくしが胸を撫で下ろしていますと、ショール商会長がそっと近寄って言いました。

「エルヴィラ様、ショール商会で何かお入り用のものはありませんか？」

わたくしより先に、ローゼマリーが答えます。

「ギルベルトさん、エルヴィラ様に贈り物をなさるのはやめてください。ショール商会からだけ受け取るわけにはいきませんので」

「ローゼマリーさん、あなたは真面目すぎますね」

「真面目で結構。失礼いたします」

わたくしとローゼマリーは、連れ立ってそこを去りました。今日も帰りはシャルロッテ様の馬車に乗ることになっているのです。

馬車置き場はいつものことながら、会合から帰る人たちで混雑していました。何台もの馬車が置かれたそこは、端から端まで歩くとかなりの距離があります。枢機卿のアーレンツ様やボンク様、ショール商会長と同じく商会を立ち上げているライマー商会長、そしてそのお付きの方々などが移動していました。

周囲を覆う木々は針葉樹で、この季節でも緑を見せてくれるのが嬉しいところです。じきにそれらも雪化粧で真っ白になるのでしょう。

白い息を吐きながら、わたくしはもはや見慣れたシャルロッテ様の馬車の近くまで歩きました。半分ほど進んだ辺りで、針葉樹の陰から若い女性が現れたことに気が付きます。

流行の帽子をかぶったその方は、布をかけた籠を持っていました。暖かそうな外套から覗くドレスも靴も、帽子に合わせた鮮やかなオレンジ色で、とても華やかでしたが、どこか暗い表情で固い声を出します。

「皇太子妃殿下にご挨拶差し上げてよろしいでしょうか」

どなたかしらと思いながら、わたくしは頷きました。

「どうぞ」

「レオナ・ファラートと申します。皇太子妃殿下には初めてお目にかかります。以後よろしくお願いします」

隣にいたローゼマリーがはっとしてわたくしを見ました。ローゼマリーには直接伝えてはいなかったけれども、やはり噂などで耳に入っていたのでしょう。わたくしは表情を変えずに聞き返しました。

「以後とは？」

側妃の件ならルードルフ様が断りました。よろしくされる筋合いはない、そういう意味がこもっているのをファラート令嬢も周りも分かっているはずです。

「これは失礼しました」

ファラート令嬢は白い息を吐きながら、ゆっくりと告げました。やはり感情のない固い声です。

「実は私、この度、聖誕祭の準備の雑用係として任命されました。聖誕祭当日はもちろん、それまでも何なりとお申し付けください」

——雑用係？

わたくしは動揺を顔に出さないように聞き返しました。

「初めて聞く役職ですが、どのようなことを？」

「役職というような大層なものではありません。皆様のお手伝い、といったところでしょうか」

「神殿が認めたものですか？」

「ええ。正式にはカルネを献上する係として関わっております。ただそれだけでは寂しいので準備から少しでもお手伝いしようと思いまして」

「実に素晴らしいです！」

様子を伺っていたショール商会長が割って入り、感動したように言いました。

「聖誕祭を大事に思う気持ちはみんな同じですね！」

「……そうですね」

「今後ともどうぞよろしくお願いします。それで、こちらお近づきのしるしに」

ファラート令嬢は持っていた籠にかけていた布を取り、わたくしに差し出しました。中にはカルネがたくさん入っています。逡巡《しゅんじゅん》しなかったと言えば嘘になりますが、カルネを突き返すわけにはいきません。

「ありがとうございます」

手を伸ばして受け取ろうとすると、

「きゃっ！」

わたくしが籠を掴むよりも早く、ファラート令嬢が籠から手を離すのが早かったようです。

ごろごろと、カルネが地面に転がりました。土の上に黄色いカルネが、水玉模様のように鮮やかに浮かび上がります。

失礼いたしました、とわたくしが言おうとした瞬間。

「申し訳ありませんでした！　エルヴィラ様にこんな安っぽいものをお渡しするなんて！　打ち捨てられて当然です！」

ファラート令嬢が大声でそう言います。周りの冷ややかな視線を感じました。

「そんなつもりはありませんでした。手が滑っただけですわ」

わたくしは本当のことを申し上げましたが、ファラート令嬢は顔を上げません。困りました。

これではわたくしがわざとカルネを落としたみたいですね。

――それが目的なのでしょうか？

だけどカルネに罪はありません。わたくしは慌てずにローゼマリーに命じます。

「ローゼマリー、ハンカチを地面に広げてくれますか？」

「え、あ、はい！」

わたくしは迷うことなくその場にしゃがみ込み、カルネに手を伸ばしました。積もるまでなかった雪が溶けて地面はぬかるみ、落ちたカルネは泥だらけになっていました。それを1つずつ拾います。周りから戸惑ったようなざわめきが聞こえました。

「エルヴィラ様!?　何を？」

ショール商会長が驚いた声を出します。

「カルネをくださるというので、拾っているのです。ショール商会長もそちらに転がったのを持ってきてくださいますか？」

「拾う？　泥だらけのカルネを？」

「ええ。ファラート領にしか実らないという貴重なカルネですよ。落ちたくらいでは諦めません」

話している間にもわたくしは手を動かし、ほぼ拾い終えました。ローゼマリーが広げたハンカチだけでは包みきれないのでクリストフがマントを広げて包んでくれます。

「ありがとう、クリストフ。助かりました」

「こちら、先に持ち帰ります」

「お願いね」

周りのざわめきは収まったようです。

「貴重なものをありがとうございます」

わたくしは呆然と立ち尽くしているファラート令嬢にそう申し上げて立ち去りました。

ファラート令嬢は何か言いたげにわたくしを見ていましたが、結局は何も言いませんでした。ただ、言葉を探すように、唇が震えていた気がします。

ドレスの裾に泥が付いてしまったので、シャルロッテ様の馬車に乗り込むのを遠慮したのですが、それでもぜひに、と言うので今日もシャルロッテ様の用意してくださった馬車で帰りました。

「床を汚してしまって申し訳ありません」

ハンカチで手を拭きながらそう申し上げると、シャルロッテ様は目を輝かせて首を振りました。

「いいえ、全然。さすがですね」

「何がですか？」

わたくしとシャルロッテ様はそれ以上カルネに触れず、話題はシャルロッテ様が最近気になっているという、冬でも寒気が入りにくい窓枠の構造の説明に移りました。

◆◇◆◇◆

その夜。

シャルロッテはくつろぎながら、2回目の会合の報告をフリッツにしていた。ソファに並んで座り、軽くワインを傾ける。当然、レオナがエルヴィラにカルネを差し出した話もした。

フリッツは驚いたように言った。

「つまり、それはあれだろ？　レオナ嬢はエルヴィラ様がわざとカルネを落としたように見せかけて、評判を下げたかったんだろう？」

「ええ、まあ、そうでしょうね」

「大変じゃないか。拾ったくらいじゃ収まらない」

だがシャルロッテは慌てずにワインを飲み干す。

「それが収まるのがエルヴィラ様なのよ。フリッツにも見せたかったわ。迷いなく地面に膝をついて一つ一つ、大切な宝物を探すようにカルネを拾うの。レオナ様もあのエルヴィラ様を見たからこそ、何も言えなかったんだわ」

「そうか……」

確かに皇太子妃が自ら泥だらけのカルネを拾うなどと考えもしないだろう。フリッツが納得していると、シャルロッテはお代わりを注ぎながら呟いた。

「でも、何がしたいのか分からないのは相変わらずね。だって、そもそもルードルフ様は側妃を断ったんでしょう？　だったらエルヴィラ様に構わなくてもいいじゃない？」

フリッツはグラスをテーブルに置いて、考え込むように腕を組んだ。

「考えられるのは八つ当たりか？」

どうかしら、とシャルロッテはグラスを揺らす。

「聖女様であり皇太子妃であるエルヴィラ様に八つ当たり？　いくらエルヴィラ様が領邦出身の皇太子妃殿下だとしても、そんなことできるのは皇后陛下くらいじゃない？」

フリッツは頷く。帝国広しといえども、エルヴィラに八つ当たりなんてことができるのはクラウディアくらいだ。

そしてクラウディアは絶対にそんなことをしない。

「皇后陛下でもしないことを、一介《いっかい》の伯爵令嬢であるレオナ嬢がしているのはおかしいな。私怨《しえん》にしてもやり方が拙《つたな》い。エルヴィラ様を敵に回していいことなんてないはずなんだが」

「そもそも勝てるわけないわ！　誰よりも完璧な皇太子妃で、そのうえ聖女なのよ？」

フリッツは眉間に皺を寄せた。だが、シャルロッテはふっと笑う。

「まあいいわ。ここで考えていても分かるわけないし。もう少し探ってみる。よく分からないところが楽しいわ」

つられてフリッツの表情も和《やわ》らいだ。

「君に頼んでよかったよ。他に何か気になるところはないか？」

そうね、とシャルロッテは呟いた
「ジョール商会長がエルヴィラ様を好きすぎるくらいかしら」

「好きすぎるって、なんだそれ」

「本人は崇拝《すうはい》だと思っているようだけど、本当のところは分からないわ。でもエルヴィラ様の鉄壁《てっぺき》の守りは崩せるわけないから大丈夫よ。帝国中の男性を集めても、ルードルフ様には敵わないでしょう」

「それはそうだが」

フリッツが面白くなさそうな顔をしたので、シャルロッテは小さく笑ってグラスを置き、フリッツの首に手を回した。

「もちろん私にはフリッツが一番よ」

「ありがたきお言葉」

軽い口づけを交わし、シャルロッテは上目遣いで言う。

「でも、まだ何かあると思うわ」

「何かって？」

「分からない。でもカルネをばら撒くくらいで気が済むわけないじゃない？」

フリッツもそれには同感だった。

同じ頃、エルヴィラもファラート令嬢が突然現れたことをルードルフに報告していた。

◆◇◆◇◆

レオナ・ファラート伯爵令嬢が、雑用係としてわたくしの目の前に現れたことを報告すると、ルードルフ様は険しいお顔になりました。カルネを落とされたのでわたくしが拾ったことを付け足すと、さらにさらに険しいお顔になりました。

わたくしは思わず声を落とします。

「皇太子妃として、はしたなかったかもしれません。ですが、カルネをそのままにしておけなかったのです」

持ち帰ったカルネは綺麗に洗われ、さっそく料理に使われました。

「今日のお魚料理のソースに使ったとか。美味しかったでしょう?」

「美味しいというか、私には馴染んだ味だが、エルヴィラが拾ったカルネだと思うと美味《うま》さが倍増する」

「カルネはカルネですわ。誰が拾っても」

わたくしは笑います。ルードルフ様も少し笑ってから呟きました。

「しかし、レオナ嬢にも困ったもんだな」

「あの、心配なさることは何もありませんわ」

わたくしとしても意図が分からないだけに少し奇妙に思いましたが、特に何もされていないのです。けれど、ルードルフ様は首を振りました。

「護衛を増やそう」

「もう十分ですわ！」

さすがにこれ以上は息が詰まります。

「いたずらに数ばかり増やしても仕方ありません。人員をこれ以上割けないのは分かっているんですよ？」

「だが」

「大丈夫ですわ。聖誕祭自体は順調に進んでいますし、普段からローゼマリーもクリストフもついていてくださるんですもの。シャルロッテ様にも、離れないようにおっしゃっているんでしょう？」

「気付いていたのか」

シャルロッテ様からお聞きしたとは言いませんでした。

「……それに」

わたくしはルードルフ様に寄りかかって言いました。

「側妃の件は断ってくださっていますし……」

そこさえ大丈夫なら、本当にわたくしとしてはなんの心配もないのです。

「聖誕祭までのことです。あと少し、見守っていてください」

「もちろんだ」

ですが、ルードルフ様の声は沈みがちでした。

◆◇◆◇◆

エルヴィラがカルネを拾った夜のファラート邸では、両親とレオナだけが応接室で話し込んでいた。

アーベルはまた熱が出て寝込んでいるのだが、重要な話し合いにアーベルが参加したことはない。難しいことを話したら、アーベルの体に障るとコンスタンツェが反対するのだ。

かかりつけ医の話では、適度に運動する方がいいらしいのだが、コンスタンツェがそれを許さなかった。

アーベル抜きの家族会議で、レオナは今日の出来事を包み隠さず話した。案の定、コンスタンツェは激昂《げきこう》した。

パシッ！

また頬を叩かれたが、レオナはもう倒れなかった。予測していると意外と大丈夫なものだ。痛みを感じないわけではないが、自分の足で立っていられる。

「何をしているの！　ちゃんと皇太子妃の評判を下げなくちゃダメじゃない！」

コンスタンツェは、振り上げた手を下さずに怒鳴り続ける。

「まあまあ、お前、そんなに怒らなくても」

おろおろとした声を出すのはファラート伯爵だ。コンスタンツェを宥《なだ》めるように口を挟んだが、すぐに言い返される。

「怒らずにはいられないわ！　なんのために神殿に連れていったのかも分からない！」

なんのために連れていかれたのか、説明もされていないのに怒られる身にもなってほしい、とレオナは思ったが大人しく黙っていた。

「だが、あの方からは何も言われていないのだろう？」

ファラート伯爵がたまりかねたようにそう言い、コンスタンツェはやっと落ち着いた。

「それはまあ、そうですけど、お任せくださいって言った手前があるじゃない」

「レオナだって初めてなのに頑張ったよ。な？」

「はい……」

――あの方？

父と母の会話に明らかに、第三者が含まれていることにレオナは初めて気が付いた。

「どなたのことですか？」

思わず口を挟むと、コンスタンツェがさらに激昂した。

「子どもは知らなくていいことよ！」

側妃にさせる程度には大人扱いするくせに、突然子ども呼ばわりする。レオナは呆れたが、それ以上言っても本当のことを話してもらえないようなので大人しく口をつぐんだ。

「まずは一旦落ち着こう、な？　レオナもお前も座りなさい」

険悪な雰囲気をなんとかしようとしたのか、ファラート伯爵がレオナとコンスタンツェに座るよう促す。

2人ともソファに腰を下ろしたが、会話が弾むわけもなく沈黙が続いた。その間もレオナは目まぐるしく考え続ける。

――私を側妃にするために協力している人物がいる。なんのために？

今まで付き合いのある真っ当な貴族なら、隠す必要はないだろう。

言いたくないのだ。なぜ？

弱小貴族なのだろうか。だとしてもなぜファラート家に目を付けた？　最近、カルネの消費が落ち込んでいるから見返りを渡せば話に乗るだろうと足元を見られたのかもしれない。

じゃあ、私が側妃になることで、その人は何を手に入れられるの？　権力？　お金？

——一体、私はなんの片棒《かたぼう》を担《かつ》がされているの？

レオナはあらためて自分が置かれている立場の危うさにぞっとした。

考えないようにしてきたが、突然買い集めたドレスの代金はどこから出てきているのだろう。いつの間にかお父様まで暖かそうな外套を着ている。

——皇太子妃殿下を貶《おとし》めようとするのだっておかしいわ。側妃になるためだとしたら、随分と頭の悪いやり方じゃない。そんなことをしたからといって側妃になれるわけがない。

だけど父も母もそう信じている。

——馬鹿じゃないの？

レオナは冷え冷えとした視線で目の前のファラート伯爵とコンスタンツェを見つめた。感情の収め方を知らないコンスタンツェはまだ頬を紅潮《こうちょう》させて憤っており、ファラート伯爵はおろおろと妻の機嫌を窺っている。

――馬鹿みたい。本当に馬鹿みたい。

レオナは膝の上で手をぎゅっと握り締めて、大きく息を吐いた。

――でも、一番馬鹿なのは私だ。

宝物のようだった温室を燃やされて、何が目的か分からない茶番を演じさせられている。

――誰が後ろにいるのか知らないけれど、この人たちの望み通りにはさせない。

レオナはとっさにコンスタンツェに頭を下げた。

「お母様、申し訳ありません」

「……あら」

コンスタンツェは満更《まんざら》でもなさそうな声を上げた。

怒りに任せて手を上げたものの、レオナが思うように動かせなければ、困るのはコンスタンツェたちなのだ。

レオナは怯えて言うことを聞くふりをして芝居《しばい》を続けた。

「次はもっと上手くします。側妃になるために頑張ります。家門のために。だからどうか、許してください」

それだけでコンスタンツェはかなり機嫌を直したようだった。

「分かればいいのよ。次は頑張ってね」

「ありがとうございます」

微笑みを作りながら、レオナは決意した。

――逃げよう。このおかしな家から逃げよう。

温室が破壊された今、この家にいる理由はない。ここじゃないならどこでもいい。

確実に、追いかけられないように、用意周到《よういしゅうとう》に逃げるのだ。

そのためにはなんだって利用する。

父と母の思惑を知るために、レオナは注意深く質問した。

「お母様、もう少し詳しく計画を教えてくださいませんか？　私、次こそはちゃんとしたいんです」

コンスタンツェは従順になったレオナにさらに気をよくしたようで、すらすらと答えた。

「計画というほどのことではないわ。今日みたいに会合のたびに妃殿下と接触して、妃殿下が側妃候補のレオナを疎《うと》んじているように周りに見せかけたらいいのよ」

「妃殿下が、私を疎んじているように」

レオナは復唱した。コンスタンツェはそうだと言わんばかりに深く頷いた。

「嫉妬して掴みかかってくれたらいいのに。まさか、泥だらけのカルネを拾うなんて思わなかったわ」

「では、毎回無駄……いえ、素敵なドレスを着ていく意味は」

「妃殿下と向かい合ったとき、あまりにもこちらがみすぼらしかったら疎んじるのも当然だと思われるでしょう？　こちらに非がないというのも大事なことなのよ」

どうやら聖女様を罠に嵌《は》めたいらしい。あんな稚拙《ちせつ》な計画で。レオナは心底馬鹿馬鹿しいと思ったが、理解するふりをした。

「分かりました！　お任せください。お母様」

「レオナ、どうしたんだ。そんな急に。あんなに嫌がっていたじゃないか」

突然やる気になったレオナを、ファラート伯爵は訝しんだ。

しかしレオナは笑顔で答えた。

「もちろん、皇太子殿下の側妃になりたいからですわ。お父様もそのために応援してくださっているんでしょう？」

「まあ、そうだが」

「お父様とお母様に喜んでいただけるのが私の喜びですもの」

「やっと分かってくれたのね」

コンスタンツェは素直に喜んだ。レオナはさぞ親思いに見えるように微笑んで付け足した。

「そうだ、お母様。これからは、神殿に1人で行きますわ。お母様はお忙しいでしょう？」

「あらそう？　助かるわ、あんなカビ臭い場所、つまらないしね」

「これからも、ファラート家のために頑張りますわ」

すらすら嘘をつける自分を、レオナは他人のように感じていた。

◆◇◆◇◆

エルヴィラの寝顔を見ながら、ルードルフはため息をついた。

――何かを見落としている気がする。

聖誕祭が近づくにつれ、ルードルフの不安は日に日に膨れ上がった。だけど、何を見落としているのか分からない。

エルヴィラの言う通り、表向き心配することはさほどない。

レオナがどれほどエルヴィラに嫌がらせをしようとしても、レオナにつく貴族はいないだろう。側妃の件もはっきり断っているのだ。客観的に見て今のレオナは、個人的感情で皇太子妃と対立する者。それだけだ。だいたい、本気で側妃になりたいならエルヴィラを敵対視するより、ルードルフに擦《す》り寄るべきだ。

――何がしたいんだ？

それが分からない。つまり、自分には何かが見えていない。

――いなくなるのではないだろうか。

突飛《とっぴ》とも思える考えが浮かんで、ルードルフは首を振る。それはお馴染みの不安だった。レオナも聖誕祭も関係なく、ルードルフはエルヴィラがいつかいなくなるという不安に、いつも苛《さいな》まれている。情けない。

エルヴィラは目の前に存在しているのに。まるでいつか誰かが連れ去ってしまうような気持ちになる。

「自分に自信がないからだな」

天井の明かり取りから漏《も》れる月の光を眺めながら、ルードルフは独り言を漏らす。

聖女を妻とするだけの器《うつわ》が自分にあるのか不安なのだ。外側ではなく、内側から湧いてくる不安だから消えようがない。

だからきっと気のせいだ。

エルヴィラが今ここにいるのは天の気まぐれであり、いつか向こう側にいってしまうなんてことは。

ルードルフの不安がもたらす馬鹿げた考えだ。

「……ルードルフ様？　起きていらしたのですか？」

ルードルフの気配でエルヴィラが目を開ける。

「なんでもないよ、もう寝るところだ」

ルードルフは、いつもの穏やかな微笑みを浮かべた。

◆◇◆◇◆

家から出ようと決意したレオナが逃亡先として最初に選んだのは、会ったことのない伯母エラ・ラザルのところだった。

コンスタンツェが、姉であるエラをいつも悪く言っていたのも逃亡先に選んだ理由のひとつだ。

コンスタンツェが悪く言うのなら、むしろエラは真っ当な人だろうと思えた。嫌っているエラのところに飛び込むレオナに、コンスタンツェが逆上し、二度と帰ってくるなと言ってくれたらという目論見《もくろみ》もあった。

もちろん、ただ世話になるだけのつもりはない。

保養地として繁栄しているラザル領なら、何か自分でもできる仕事があるだろう。ラザル家には、仕事が見つかる間だけでも置いてもらえたらありがたい。

ラザル家にとって迷惑な話だと分かっていたが、他に頼れるところがないのだ。

ファラートの祖父母はもう亡くなっており、父の従兄弟の家とは表面上の付き合いはあるが仲良くはなかった。母方の実家は叔父が継いでいたが、そこだとすぐ連れ戻される可能性が高い。あとはどこも浅い付き合いばかりだ。

あらためてじっくり観察すると、コンスタンツェという人は、派手な付き合いは好むが何年も続くような交流は苦手なようだった。

部屋でこっそりと荷物をまとめながら、レオナはため息をつく。

――お母様のこと言えないわ。私だって交流を育むのは苦手だもの。

ドレスよりも木登りが好きな変わり者のレオナに、貴族令嬢の友人などいるわけがない。

――温室さえ残してくれていたなら、政略結婚でも側妃でも受け入れたのに。

何度感じたか分からない痛みがレオナの胸を再び襲う。

温室さえ残っていれば、レオナは心の整理を自分でつけただろう。自分で世話ができなくなった植物たちを別の管理者に託し、研究は研究者仲間に引き継いでもらったはずだ。

それをいきなり燃やしてしまうところがコンスタンツェの浅慮《せんりょ》なところだ。そんなことをしなければ、まだギリギリのところでレオナはコンスタンツェの娘でいたのに。

ぽたりと手元に涙が落ちて、慌ててレオナは上を向く。

ダメだ、気持ちが落ち込んでいる。何か楽しいことを考えなくては。楽しいこと。

——エメリヒ、元気かな。

エメリヒ・ヴェルフは、一番よく手紙を交わした研究者仲間だ。

庶民ながらもその優秀さで地元の貴族に支援され、帝都のアカデミーに通っている。彼が論文に添える精緻《せいち》な植物の図版を見ることが、レオナの数少ない楽しみのひとつだった。

レオナからエメリヒに、カルネの観察記録を送ったことから、２人の文通が始まった。カルネの研究はほとんどされていなかったので、レオナの研究はとても貴重だとエメリヒが返事をくれた。

その言葉が、ずっとレオナを支えている。

なのに、ちゃんとお別れが言えていない。

コンスタンツェの指示で、帝都に来てからのレオナは常に使用人たちに見張られていた。この状態で手紙を出してもエメリヒに迷惑がかかる。

——突然連絡が取れなくなって、エメリヒ、心配しているかな。それとも、側妃になる噂を聞いて、所詮《しょせん》お貴族様の遊びだったのかと怒っているかも。

そう考えるとまた新しい涙が出てくる。レオナは慌ててハンカチで拭う。泣いている暇なんてない。自分を憐《あわ》れんでいる場合じゃない。

「今は何を思っても仕方ないか……」

レオナは、パタン、と音を立ててトランクの蓋《ふた》を閉めた。頭を切り替えよう。

——ラザル家にどうやって連絡を取るかが問題だわ。

手紙を出そうにも、返事がここにきたらコンスタンツェに見つかってしまう。

いいや、それ以前にエラ宛の手紙を出してほしいと使用人に頼む時点で、コンスタンツェに報告されるだろう。長い間領地にいたレオナにとってこの屋敷の誰もがよそよそしい存在だった。

——もう少し味方を作っておくんだった。

ため息をついて悔やんだが、それでは先に進まない。考えよう。手紙のやり取りが安全にできる方法。何かないか。

「そうだ、神殿……」

今のレオナは神殿にならしょっちゅう足を運べる。神殿に自分宛の手紙を届くようにできないだろうか？

「もしそうできたら……」

ラザル家はもちろん、エメリヒにも近況を知らせることができるかもしれない。

ほとんどを研究に注ぎ込んでいるエメリヒは、支援金をもらっているにしても、裕福とは言えない生活をしているようだった。

負担になりたくなかったレオナは、初めからエメリヒを頼るつもりはなかったが、どうしても最後にお礼だけは言いたい。

「でも……神殿もお母様の味方かもしれないわ」

コンスタンツェの手が回っていれば、すぐに連れ戻されるだろう。せめて手紙のやり取りをしてくれる代理人がいたらと思うが、神殿にそんな人がいるとは思わなかった。

――直接、ラザル家に行くしかない。

エメリヒにはラザル家で落ち着いてから手紙を出そう。時間はかかるが、その方が確実だ。そうと決まれば問題は道中だ。どうやって辿り着いたらいい。せめて今が冬じゃなければよかったのに。もうすぐ雪が積もる。そうなると逃げようにも逃げられない。今しかないのに何もできない。私一人じゃ何もできない。

自分が今までいかに家に守られてきたのか、レオナは痛感した。

――悩みを打ち明ける友だちすらいない。

レオナが鼻を真っ赤にして立ち上がったそのとき、部屋の扉がノックもなくスッと開いた。

空気の動く気配で反射的に扉に目をやったレオナは、幽霊のような青白い顔が扉の隙間に浮かんでいるのを見て息を呑んだ。

「まだ起きていたのか？」

だが、遠慮がちに入ってきたのはアーベルだった。

「……お兄様？　お身体は大丈夫なの？」

どきどきする心臓を押さえながら、レオナは尋ねる。部屋着にガウンという格好のアーベルは、申し訳なさそうにおっとりと続ける。

「ああ。最近は随分いいんだ。ノックもせず、すまなかったね。灯をつけたまま寝てしまっているのなら、ベッティを呼ぼうかと思ってたんだ」

侍女の名前にレオナはほっとした。驚きすぎて身の危険まで感じた自分をレオナはおかしく思う。アーベルはレオナが部屋の中央に置かれていたトランクに視線を送った。

「もう荷造りかい？　側妃になるのは聖誕祭のあとじゃなかったか？」

レオナはとっさに嘘をついた。

「前もって準備しておいて悪いことはないでしょう？」

アーベルは自嘲《じちょう》するように頷く。

「レオナはしっかりしているな。僕とは大違いだ」

「そんなこと……お兄様がいらっしゃるから私も安心して好きなことをさせてもらっていたのですわ」

「いや、僕じゃなくお前が男だったらよかったと、父上も母上も思っているはずだ」

それを聞いたレオナは苦い気持ちを呑み込んだ。

「まさか。お母様もお父様も、お兄様をとても大事にしていらっしゃるわ」

コンスタンツェの溺愛が兄にだけ向いているのを、レオナは誰よりも知っていた。思えば、会話のない兄妹だった。母に愛される兄を、レオナはどこか羨《うらや》ましく思って距離を取っていたことは否めない。

もう少しアーベルの近くにいるべきだったのかもしれない。離れる今になって、レオナはそんなことを思った。アーベルも何かを感じ取ったかのようにレオナに言う。

「レオナ……何か僕に協力できることはないか？」

「何かって？」

「なんでもだよ。僕にできることなんて知れているけど」

レオナは胸がざわついた。アーベルなら、コンスタンツェに見つからないように手紙を出してもらえるのではないだろうか。ラザル家にもエメリヒにも連絡が取れるかもしれない。

レオナはなぜ、そんな簡単なことを思いつかなかったのだろうと不思議になった。

病弱なアーベルなら一日中家にいる。レオナよりも使用人たちに信頼されているだろうし、母より先に手紙を受け取ることも可能だ。

——だけど、待って。

レオナは兄が部屋に入ってきてから抱いていた違和感を口にした。

「お兄様、そのガウン……とても暖かそうだけど、どうしたの？」

レオナが知る限り、兄のガウンはもっと擦り切れていたはずだ。アーベルはなんでもないように笑う。

「寒かったからね、新しくしたんだ。どうかしたかい？」

「そう……」

寒いから新しくしただけ。何もおかしいことはないのに、どうして胸がざわつくのだろう。

レオナは笑顔を崩さないように、しっかりと答えた。

「さっきの話だけど、お兄様、私なら大丈夫よ、ありがとう。お兄様のお身体に無理をさせるわけにはいけないもの」

「そうか……お前は昔から自分でなんとかしていたからな。僕が手を貸す必要はないか」

「そんな意味で言ったんじゃないわ」

「ああ、もちろん。お前の気持ちは分かっているよ」

アーベルは暗い瞳で微笑んだ。

◆◇◆◇◆

聖誕祭の準備も着々と進み、あと数回の会合で当日を迎えるまでになりました。

レオナ・ファラート令嬢の姿はその後も何回かお見かけしましたが、話しかけにくることはありませんでした。なぜかいつも会合の終わり、馬車に乗るわたくしを遠くから見つめているだけなのです。

冬も深まり、雪が舞う日も多くなりました。それでもファラート令嬢は、いつも外で傘を差さずにわたくしたちが帰るのを見送っています。

「毎回新しいドレスと外套なのも不思議なのよね。伯爵令嬢の装《よそお》いにしては豪華すぎない？」

わたくしの隣で同じようにファラート令嬢を見つめていたシャルロッテ様が言います。

「シャルロッテ様からは、ファラート令嬢の表情は見えますか？」

わたくしにはそこにいることしか分かりませんが、シャルロッテ様ならもっと細部まで分かるかもと聞いてみました。シャルロッテ様は首を振ります。

「表情は気持ちの表れですもの。私には顔を見ることはできても、ご令嬢の気持ちまでは読み取れませんわ」

そんなことを話している内に、ファラート令嬢はわたくしたちに背を向けました。

「お帰りのようですね。わたくしたちも帰りましょう、エルヴィラ様」

シャルロッテ様に促されて、わたくしは馬車に乗り込みかけ——そして。

「申し訳ありません。シャルロッテ様。少しお待ちいただいてよろしいでしょうか」

ついにそう申し出てしまいました。シャルロッテ様は肩をすくめます。

「エルヴィラ様ならいつかそうおっしゃる気がしていました。私も同行しますわ」

「いいえ、ここはわたくしだけの方がいいと思います。すぐに戻りますので、馬車で待っていていただけませんか？」

しばし沈黙の後、シャルロッテ様は穏やかに微笑みました。

「分かりました。クリストフさん、あとはよろしくお願いします」

「かしこまりました」

そういうわけでクリストフを少し離れたところに待機させ、わたくしはファラート令嬢の背後から声をかけました。

「ファラート令嬢」

「ひゃっ！」

ぼんやりとした様子で佇んでいたファラート令嬢は、子どものような声を出して振り向きます。その反応が少し意外で、わたくしは緊張を緩めながら話しかけました。

「あの、驚かせるつもりはなかったのですが……失礼しました」

ノファラート令嬢は目を丸くします。

「エ、エルヴィラ様？　もう帰られたのかと思いました！」

「そのつもりだったのですが、いつもわたくしを見ていらっしゃるようだったので、何か用事があるのかと思い切って声をかけさせていただきました」

ファラート令嬢は少し迷ったように視線を泳がせます。そうしている間にも雪がちらちらと落ちてきました。ファラート令嬢は、諦めたように大きく白い息を吐きました。

「用事などありません。不躾でしたらお詫びします」

「雑用係のお仕事はもう終わったのですか？」

「ええ」

修道院のギート様に聞いたところ、ファラート令嬢はわたくしたちが会合に参加している間に神殿の雑木林を見回ったり、畑の様子を見学したりしているようでした。今日みたいな雪の日にもです。そして、会合が終わる頃を見計らってわざわざここに戻るのでした。

わたくしはエルマの選んでくれた外套の暖かさを感じながら、会話を続けます。

「そうだ、お礼を申し上げるのを忘れていました。いつぞやのカルネ、美味しくいただきました。ありがとうございます」

ファラート令嬢は、もう一度目を丸くしました。

「召し上がったのですか？　あのカルネを」

「ちゃんと洗いましたよ？　ファラート令嬢が大切に育てたカルネでしょう？」

「なぜ私が育てたと……」

わたくしは手を伸ばしてファラート令嬢の手を取りました。令嬢は驚いたように一瞬だけ身を固くしましたが、そのまま手を預けてくださいます。

「手袋越しでも分かります。何かを一生懸命育てている手です」

ファラート令嬢は顔を赤くしました。わたくしは続けます。

「『乙女の百合』を育てているときのことを思い出しました。もちろん、あなたの方がずっと長い間お世話しているでしょうけど」

わたくしの手を振り払うようにして、ファラート令嬢は俯《うつむ》きます。

「……余裕ですね」

「何がですか？」

「愛されているから余裕たっぷりなんでしょう？」

「ルードルフ様に、という意味でしたら確かに。ですがファラート令嬢も側妃になりたいようには思えませんが」

ファラート令嬢は言葉を探すように唇を震わせましたが、やがて諦めたように認めました。

「なぜそれを？」

「それくらいは分かります」

わたくしは、ファラート令嬢に微笑みかけました。

「ファラート令嬢、わたくしでよければ相談に乗りますが」

「相談？　妃殿下が、なぜ？」

「何かお困りなのではありませんか？」

「困っているだなんて、そんな」

ファラート令嬢はまた目を逸らしました。

「差し出がましいのは承知です。お節介かもしれませんが、力になれませんか？」

ファラート伯爵令嬢は、迷うような瞳でわたくしを見つめました。口を開きかけたと思った瞬間。

「エルヴィラ様！　こちらでしたか！」

ショール商会長が現れました。

ファラート伯爵令嬢ははっとしたようにわたくしとショール商会長を見比べ、失礼しますと去っていきました。

あと少しで何か話してくれる気がしたのですが、残念です。

「ショール商会長、どうされました？」

「どうされましたはこちらの台詞《せりふ》ですよ。こんな寒いところでどうしたんですか？」

「大丈夫ですわ」

わたくしは目でクリストフに合図しました。クリストフがさっとこちらに近寄ってきます。

ショール商会長は諦めたように肩をすくめました。

「商用でしばらく帝都を離れることになったので、ご挨拶したいと思って探していたんです。聖誕祭までに戻りますので、私のことを忘れないでください」

「まあ。急なお話ですのね」

先ほどの会合ではそんなことは言ってなかったので少し驚きました。ショール商会長は困ったように眉を下げて笑います。

「私でなければこなせない案件がありましてね。エルヴィラ様、戻ってきたら、信仰についてのお話を聞かせてくれますか？」

せっかくのご要望ですが、わたくしは首を振りました。

「わたくしは、わたくしに分かることしか答えられません。そういうことならエリック様やコンラート様の方が適しています。神学として学んでおられますし、大聖典《デバンシュ》も読み込まれていますもの」

「どこまでも公平な方ですね」

「そうでしょうか」

「でもそれがエルヴィラ様ですね。では、また聖誕祭でお会いできるのを楽しみにしています」

颯爽《さっそう》とした笑顔でショール商会長は去っていきました。お忙しいのは本当のようです。

「クリストフ。馬車に戻ります」

「はい」

シャルロッテ様とローゼマリーの待つ馬車に向かいながらわたくしは、さっきまでいた林を振り返りました。

もちろん、そこには誰もおらず、針葉樹に雪が少しずつ積もっていくのが見えるだけでした。

◆◇◆◇◆

——お節介かもしれませんが、力になれませんか？

エルヴィラのまさかの申し出にレオナは悩んだ。ファラート伯爵邸に戻ってからも、それは続いた。

カルネを拾うエルヴィラの姿が忘れられなかったレオナにとって、それは魅力的な提案だった。

――皇太子妃なんてもっと偉そうな人だと思っていたけど、カルネを作っていることを分かってくれた。妃殿下に協力してもらえれば、手紙のやり取りだけでもできるかもしれない。

期待が高まる一方、警戒心も湧く。側妃候補のレオナはエルヴィラにとって憎い相手だろうから。

「レオナ、戻ったの？」

そこにノックもせずコンスタンツェが入ってきた。

「お母様、ノックくらいしてちょうだい」

レオナの抗議《こうぎ》を無視してコンスタンツェは続ける。

「今日は皇太子妃と話していたと聞いたけど、どうだったの？」

さっきの出来事をなぜもう知っているのか、不思議に思ったが、レオナは大人しく答えた。

「特に……これといったことは話していません。そこで何をしているのかと聞かれたので何もしていないと答えました」

コンスタンツェはレオナをじっと見つめて、ぼそりと言った。

「……お前、まさか私たちを騙《だま》していないだろうね？」

「お母様、そんな」

レオナは内心、呆れた。

――まるで自分たちは娘を利用していないような言い方ね。

「どうして騙す必要があるのですか？」

何も知らないふりをして、微笑む。コンスタンツェはそうね、と頷いた。レオナは話を変える。

「少しずつ荷物を整理しているのですが、聖誕祭で正式に側妃になると発表されるんですよね」

「そうなるわね」

「そこから私は宮廷に移動するのですね。寂しいですわ」

「あら……」

殊勝《しゅしょう》な様子のレオナに、コンスタンツェは機嫌を良くしたように微笑んだ。

「大丈夫よ、あなたなら。ファラート家のために頑張れるでしょう？」

「はい、お母様」

――決まってしまったらもう逃げられない。

逃げるならその前だ。

レオナはエルヴィラに相談を持ちかけることを決意した。

◆◇◆◇◆

「エルヴィラ様」

次の会合の終わりにファラート令嬢の方から声をかけられました。

いつものようにシャルロッテ様の馬車に乗り込もうとしていたときです。

久しぶりに見えた青空が眩しく、ファラート令嬢の外套から黄色いスカートが鮮やかに映りました。

ファラート令嬢は礼儀正しく膝を折って、挨拶してから言いました。

「お願いがあります。お願いだけして何も返せないのですが」

わたくしが答えるより先に、シャルロッテ様が提案します。

「どうぞ、馬車を使ってください。わたくしたちは外にいますわ」

「ですが寒いのでは」

気遣うファラート令嬢にシャルロッテ様が微笑みました。

「外にいるのはクリストフさんとローゼマリーさんです。この2人は一緒なら寒さなど感じないでしょうし、わたくしは図書室にいますのでご安心ください」

「図書室……」

ファラート令嬢の目が一瞬輝きました。

「もしかして、ファラート令嬢は本が好きなのですか？」

わたくしが質問すると、慌てたように首を振ります。

「あ、いえ、そんな、あの、ここの図書室は論文もきちんと保存していると聞いて一度は行きたかっただけなんです。でも許可証がなくて」

わたくしとシャルロッテ様は目を合わせて、頷きます。

「よかったら今度ご一緒しましょう。わたくしやシャルロッテ様と一緒なら入れますわ」

「あら、エルヴィラ様、そんなことおっしゃって後悔しませんか？　お勧めの本を全部紹介するまで離しませんよ」

「それは1日では足りませんね」

ふふっと笑うわたくしとシャルロッテ様を見て、ファラート令嬢も小さく笑いました。そして、慌てたように頭を下げます。

「し、失礼しました！」

「構いませんわ。ねえ、エルヴィラ様」

「もちろんです」

「では私はこれで。ファラート令嬢ごゆっくり」

楽しそうに図書室に移動するシャルロッテ様を見送りながら、わたくしとファラート令嬢は馬車に乗り込みました。

「お話を伺いましょうか」

向かい合って座ってそう促すと、ファラート令嬢は思い切ったように口を開きます。

「妃殿下に申し上げるのも憚《はばか》られることかもしれませんが、聖誕祭の日に、私は正式に側妃になると聞いています。その前に家を出たいんです」

「え？」

側妃？

わたくしの疑問をどう捉えたのか、ファラート令嬢が慌てて謝ります。

「あ、す、す、すみません！　そんな不躾なこと……不愉快ですよね」

「いいえ、不愉快というよりも、行き違いを感じて少し驚いたのです」

「行き違いですか？」

「ええ。側妃の件ならルードルフ様がちゃんと断っています。だから聖誕祭の日は何も発表されません」

側妃が発表されるならその場も設けられるはずですが、何も聞いてはいませんでした。

「え？　そんな……」

息を呑むファラート令嬢に嘘をついている様子はありませんでした。わたくしはほんの少し眉を寄せます。

「でも、あなたはそう思っていたということですよね？」

「も、申し訳ありません」

「ああ、いいえ、あなたが謝ることはありません」

行き違いのことは気になりますが、わたくしはまずは話を進めます。

「側妃にならないのであれば、家を出る必要はないのでは？」

ファラート令嬢は一瞬、遠くを見るような眼差《まなざ》しをしました。そして、躊躇《ためら》いなく告げます。

「いいえ、側妃にならなくても家を出たいと思っています。それも、家族に見つからないように」

「……何か理由があるのですね」

「お恥ずかしい話なのですが」

そこからわたくしはファラート令嬢が大事にしていた温室を燃やされたこと、ラザル家を頼ろうと思っていることなどをお聞きしました。

「それは……とても辛かったでしょうね」

「いいえ……私が守りきれなかったのが悪いのです……それで大変身勝手で図々しいお願いなのですが、私がラザル家に手紙を出す受取人になってもらえたらと思いまして……」

「わたくしが代わりに手紙を受け取るのですね」

「その、皇太子妃殿下に本当になんて厚かましいお願いをと承知しているのですが……私には頼める人もいなくて……妃殿下ご本人でなくても、その、どなたでも結構ですので……申し訳ありません」

数回しか会っていないわたくしに頼むほど、今のファラート令嬢は安心できる場所が少ないのだと感じました。

「手紙を受け取るくらい簡単なことですが……それをファラート令嬢に安全に渡せるかが心配ですね。ご自宅で取り上げられたりしませんか？」

「確かに……」

少し考えてからわたくしは口を開きました。

「いっそのこと、修道院に一度身を寄せるのはどうですか？」

「修道院ですか？」

予想もしなかったというように、ファラート令嬢が瞬きを繰り返します。

「ここから北の方にデンシュトという修道院があります。皇后陛下が特別に目をかけている大きな修道院で、訳ありの貴族令嬢やご夫人が人知れず身を隠すこともあります。身の回りのことは自分でしなくてはいけませんが、しばらくそこに滞在して、そこからラザル家に手紙を出したらどうでしょうか」

「身の回りのことならできますが、連れ戻されないでしょうか……」

不安そうなファラート令嬢にわたくしは言いました。

「聖誕祭のために皇后様が炊き出しを計画しているそうなので、人手は必要だと思います。皇后様にお願いして偽名で紹介状を書いてもらいましょう」

「ありがとうございます……ちゃんとお礼もできないのに申し訳ありません」

「お礼なら」

わたくしは図々しくも口にしました。

「カルネの蜂蜜漬けをいつか送ってくれませんか？」

意外そうなファラート令嬢にわたくしは早口で説明します。

「もちろん落ち着いてからで結構です。冬の食べ物と聞いているのですが、わたくし、まだいただいたことがないので」

「お任せください！」

ファラート令嬢が今まで一番大きな声を出しました。

「皮の厚さと漬ける期間で微妙に食感が変わってくるんです！　カルネは古来から魔を払うと言われているくらいで、風邪の予防にもいいと私は考えています。まだ証明はできていないんですけど面白いデータが取れていて……食べ比べできるようにいろんな種類をお渡しします！」

目を輝かせて話すファラート令嬢につられてわたくしの声も弾みます。

「嬉しいですわ！　ありがとうございます！」

「そんなこと……あの……」

ですが、ファラート令嬢は突然座ったまま深々と頭を下げました。

「ど、どうしました？」

ハンカチで分からないように目元を拭って言います。

「本当に……お礼を言うのはこちらです……妃殿下、心から感謝します」

涙声には気付かないふりをして、わたくしはもう一つ提案します。

「これからはレオナさんとお呼びしてもいいでしょうか？　わたくしのことはどうぞ、エルヴィラと」

ファラート令嬢――レオナさんは顔を上げました。目はまだ潤んでいます。

「……よろしいんでしょうか？」

「レオナさんさえよければ」

「もちろんです！」

わたくしは微笑んでレオナさんを見つめました。わたくしより年上なのになんだか妹ができたような気持ちになります。

「これもカルネの導いてくださったご縁ですね。次の会合のときも、ここに来てください。修道院の紹介状をお渡しします」

レオナさんはハンカチを握りしめて頷きました。

「ありがとうございます……本当にどう感謝していいのか」

「いいえ、でも急がないといけませんね」

わたくしは窓の外の青空を見て言いました。そろそろ本格的な雪が積もってもおかしくない頃合いです。

「次の会合が終われば、すぐに聖誕祭です」

わたくしの呟きにレオナさんも空を見て頷きました。

◆◇◆◇◆

レオナさんと別れて離宮に戻ったわたくしは、その日のうちにクラウディア様にお会いしました。

クラウディア様のお部屋でお茶をいただきながら、一部始終をお話しします。

「修道院への紹介状ね。もちろんいいわよ……と言いたいところなんだけど、ファラート家、ファラート家、ちょっと待って……」

クラウディア様は難しい顔をして、書類を確認しに立ち上がります。それから、やっぱりというように頷いてソファに戻りました。

「聖誕祭の日、ファラート伯爵の従兄弟の娘さんが手伝いに来ることになっているわ。顔を合わせたら、そこからレオナさんの居場所が漏れるんじゃないかしら。偽名で紹介状を書いて、聖誕祭のときは隠れていてもらうことはできるけれど、どうする？」

クラウディア様の記憶力と細やかな気遣いに感謝しながら、わたくしは答えます。

「では偽名でお願いします。レオナさんにもご親戚がいらっしゃることは紹介状をお渡しするときにお伝えします」

修道院では気をつけて隠れてもらうようにしなくてはいけませんね。わたくしが考え込んでいると、クラウディア様があっさりとおっしゃいました。

「よければラザル家への手紙も今出しておきましょうか？　一旦修道院に着いてから手紙を出すのより効率的よ。急がないと、手紙も届かないくらい雪に降り込められてしまうもの」

「よろしいんですか？」

ありがたいことですが、クラウディア様のお手をそこまで煩《わずら》わせることに気が引けました。

クラウディア様は口角だけ上げて笑います。

「温泉が出た報告を聞いたときに、ラザル夫妻にお会いしたことがあってね、ラザル伯爵夫人は賢夫人と呼ばれるにふさわしい方に見えたから、悪いようにはしないいんじゃないかしら。私が姪《めい》っ子の面倒を見ていると知ったら、お返しにきっと温泉に招待してくれるわ」

「温泉が目当てですか？」

「入りたいじゃない」

「お義母様ならそんなことをしなくても招待されるのでは……」

「大きい顔して入りたいのよ」

率直なクラウディア様のおっしゃりように、わたくしは思わず笑いました。

クラウディア様の手を煩わせるのは恐縮でしたが「皇后陛下のお墨付き」がある方がレオナさんにとって心強いのは言うまでもありません。

「それでは、お願いいたします。コンスタンツェ夫人に内緒でレオナさんがそちらに身を寄せたいと申し上げていることと、仕事が見つかるまで置いてもらえないかということをラザル伯爵夫人にお伝えいただけますか」

その返事は直接修道院に届くようにしてもらえれば、行き違いにはならないはずです。

「ええ。そしていつか、一緒に温泉に行きましょうね。陛下とルードルフは忙しそうだから放っておいたらいいわ」

ありうる状況にわたくしは笑みを浮かべたまま頷きます。

「素敵です。ぜひ」

そのときはてきぱきと働く笑顔のレオナさんにも会えるかもしれません。

◆◇◆◇◆

そして最後の会合の日になりました。

シャルロッテ様の計らいで、前回と同じようにシャルロッテ様の馬車の中でわたくしとレオナさんは2人きりになることができました。

「レオナさん、こちらです」

「ありがとうございます」

わたくしはクラウディア様から預かった、修道院宛の偽名の紹介状をレオナさんに渡しました。ご親戚の方がお手伝いにいらっしゃること、ラザル家にもすでに手紙を出していることを伝えますと、呼吸を忘れるほどの慌てっぷりで呟きました。

「こ、こ、こ、皇后陛下が私のために……」

「気持ちは分かりますが、ありがたくいただきましょう」

「は、はい！　エルヴィラ様にも皇后陛下にもよくしていただいて、私どうお礼をしたら……あの、これ、まだこれだけしか持ち出せなかったのですが」

レオナさんは手に持っていた籠をおずおずと差し出します。受け取って中を見ると瓶に入ったカルネの砂糖漬けがたくさんありました。

「こんなに？　よろしいんですか？」

「はい、あの、まだまだあるのですが重くなるとかえってご迷惑だと思いましてとりあえずこれだけ……どれが砂糖漬けでどれが蜂蜜漬けでどれが皮が厚めなのかは瓶のラベルに書いてあります。領地にいるとき私が作ったものなので不出来で恥ずかしいのですが」

「ありがとうございます」

わたくしが受け取ると、レオナさんはさらに申し訳なさそうに言いました。

「いえ、本当にどれほどお礼を言っていいか分からないくらいです。こんなことしかできなくて……」

「あの、それならばもう一つお願いしてもいいでしょうか」

「はい！　なんでもおっしゃってください！」

僭越《けんえつ》かもしれませんが、わたくしは思ったことをそのままレオナさんに伝えました。

「いつか、どんな形でもいいのでレオナさんの研究をまとめてほしいんです」

「私の研究、ですか？」

「カルネの研究じゃなくても構いません。レオナさんの研究であればきっと、巡り巡って世の中の役に立ちます。すぐじゃなくても、何年も何十年もあとでも。あるいはレオナさんの次の世代にかもしれませんが、絶対に役に立ちます。研究ってそういうものではないでしょうか」

「エルヴィラ様……」

レオナさんは意を決したように頷きます。

「はい。いつになるか分かりませんが私、必ず私の研究をまとめてみます。それで、あの、図々しくも私からも、最後にもう一つだけお願いをしてもいいですか？　断ってくださってもいいので！」

「ええ、どうぞ」

レオナさんは大切そうに1通の封書を出しました。

「もし……もしもでいいので、ついでがあるとき、これをアカデミーのエメリヒ・ヴェルフに渡していただけないでしょうか？　急ぎませんし、返事はいらないので、本当についでのとき渡していただけたら……研究仲間に、最後のお別れとお礼を一言伝えたいだけなんです」

「最後だなんて」

「いいえ、偽名でも私と関わったら父や母が何をするか分かりませんもの。迷惑をかけたくないんです」

そのときのレオナさんの微笑みは今まで見た中で一番美しいものでした。

「分かりました」

わたくしはそれを預かりました。聖誕祭までにレオナさんは修道院に到着する予定です。

「エルヴィラ様……本当にいろいろとありがとうございました。お会いできなくなると思うと寂しいです」

「わたくしもです」

もっと長い時間を過ごしていれば、シャルロッテ様のように気安いお友だちになれた気がしました。

「またいつか違う形で出会うかもしれません」

「そうですね」

わたくしたちはお互い感じている寂しさを出さずに、別れを告げました。

4章　いつもと同じでとても大切に思っています

翌日。

よく晴れた空に、レオナは背中を押してもらった気分になる。

まるで恥ずかしがり屋の聖女様が応援してくださっているみたいだと感謝する。

――恥ずかしがり屋の聖女様とエルヴィラ様。お2人の聖女様がついているのだから、きっと大丈夫。

自分自身にそう言い聞かせたレオナは、皇后陛下から受け取った紹介状と少しの着替えが入ったトランクを抱えて、ゆっくりと玄関に向かった。庭に何人か使用人たちがいたが、ちらりと視線を寄越すだけで特に何も聞いてこない。

――堂々としていたら大丈夫。

レオナは胸を張る。

今日は朝から、父は宮廷、母はお茶会で留守だった。使用人の誰かに止められたら、母から神殿に行くように言われていると嘘をつくつもりだ。母の名前を出せばそれ以上彼らも無理は言えない。

神殿までは家の馬車を使うが、その後は町娘のような格好に着替え、辻馬車を乗り継いでデンシュトの修道院を目指す。ありがたいことにデンシュトまでの比較的安全な旅路も皇后陛下は添えてくれていた。訳ありの貴族令嬢やご夫人を助けることが多いのだろうと、レオナは推測する。心強い。

帰ってきた父と母がレオナの不在に気付く頃には、レオナはかなり遠くにいる。まさかデンシュトを目指しているとは想像もしないはずだ。時間さえ稼げば逃げ切れる。大丈夫、とレオナは繰り返す。

玄関から外に出ながら、身の回りのことが自分でできるようになっていてよかったとレオナはしみじみと思う。そのことがかなりの自信になっているのだ。

年頃になっても泥だらけになることの多かったレオナは、メイドの手を煩わせるのが申し訳なくて、自分で体を洗ったり洗濯したりしていた。なぜ汚れるのか、なぜ石鹸は汚れを落とすのか、そんなことを考えるのも楽しかったからだ。

だから、平民になっても大丈夫。

同じことを冗談で昔、エメリヒに手紙で書いたことがあった。平民になる覚悟はいつでもある、と。だがエメリヒからそれについての返事はなかった。

それ以来、レオナは自分の淡い恋心に蓋をした。

とにかく元気でいてほしい。今エメリヒに思うのはそれだけだ。

――さようなら。

レオナは万感の思いを込めて玄関を出て、ファラート邸を最後に目に収めるつもりで振り返った。

ところが。

「どこへ行くんだ？」

いつの間に近くにいたのか、兄アーベルがレオナのすぐ後ろに立っていた。

「お、お兄様？」

いつも臥《ふ》せっている兄がなぜここに？

レオナは心底驚いた。

「そんなに驚くことないだろう？」

そう笑うアーベルは、また部屋着にガウンだった。

「お兄様、そんな格好では風邪を引きますわ」

「大丈夫だ。前も言ったけど最近調子が良くてね。生まれ変わったみたいなんだ」

「そうなのですか？」

そのわりに顔色も悪く、頬もこけている。レオナは時間を気にしながらも、兄を心配せずにはいられなかった。

「お部屋まで送りますわ」

「それより質問に答えてくれ。どこへ行くつもりだったんだ？」

レオナははっとした。もしかしてアーベルはコンスタンツェにレオナの動向を見張るように頼まれているのかもしれない。

油断した。アーベルが部屋から出ることなどなかったから、計算に入れていなかった。

レオナは誤魔化《ごまか》そうと笑顔を作った。

「神殿ですわ。すぐに戻ります」

「その荷物は？」

「側妃になったときのために、先に預かってもらおうと思いまして」

「そうか」

アーベルはレオナを無表情に見つめた。暗い瞳がレオナを捉える。

レオナは思わず一歩下がった。アーベルの周りだけ空気が澱《よど》んでいるように感じたのだ。暗い。息苦しい。離れたい。

「お兄様、失礼します。約束の時間がありますので」

レオナはそう言って強引に立ち去ろうとトランクを手にする。ところが。

「僕を置いていくんだな」

アーベルが先にその手を掴んだ。

「痛っ」

兄のどこにこんな力が、と思うほどの強さだった。

「離してくだ――」

しかし、レオナが最後まで言う前に、兄は不思議な香りを含んだハンカチをレオナに近づけた。

「……お兄……ま？」

突如暗闇に包まれるような倦怠《けんたい》感に襲われる。上下の感覚がなくなったレオナは、どさっとその場に倒れ込んだ。

「ははは。さすがにこれは効果が出たな」

アーベルはしゃがみ込んで、レオナが意識を失っていることを確認する。

「効きが強すぎるとは思うが、仕方ない。諦めてくれ」

地面に横たわるレオナを見下ろし、アーベルは荒い息で笑った。

「自分だけ自由になるつもりだったのか？　それはずるいだろう」

◆◇◆◇◆

同じ頃。

「私がレオナ嬢を囲《かこ》おうとしている？」

いつものように宮廷で執務をこなしていたルードルフは、身に覚えのない話をフリッツから聞いて心底驚いた声を出した。

「囲うって、それはつまり」

「愛人関係だそうです」

「会ってもいないのにどうやって愛人になるんだ!?」

フリッツが淡々と報告を続ける。

「レオナ嬢がエルヴィラ様に何も言わず見つめていることが、人々の好奇心を掻き立てているようです。憶測が憶測を呼び、そんな噂になったようです」

ルードルフは座ったまま天を仰《あお》いだ。

「好奇心！　くだらん！　そんな根も葉もない噂を広めている暇があれば仕事をしろ！」

「おっしゃる通りです。噂を広めているのは暇を持て余している方々のようですしね」

「忙しければそんなこと忘れるだろうしな……それで？」

フリッツは冷静に伝えた。

「何人かの噂好きの貴族からシャルロッテが聞き出しました。彼らの筋書きはこうです。あんなふうに切なそうにエルヴィラ様を見つめるレオナ嬢は、ルードルフ様への気持ちを消そうとしても消せないのだ。着飾るのは愛人の矜持」

「なんだそりゃ！」

「元々レオナ嬢はルードルフ様の愛人で、このたび側妃にしようとしたけれどエルヴィラ様の反対で叶わず、レオナ嬢は身を引いた。ただ、悲しくてああやってエルヴィラ様を見つめている、ということです」

「意味が分からん。悲しくて見つめるなら私をじゃないか？　なぜ正妃を見つめる」

「エルヴィラ様は会合に参加することが確実なので舞台を作りやすかったのではないでしょうか。あと、ルードルフ様とレオナ嬢が本当は何もないことを知っているからこそ、ルードルフ様からは遠ざけている気がします」

「ようするに、裏で糸を引いているやつがいるんだな。誰の仕業《しわざ》だ？」

「それが分からないのです」

「どうしてだ？　噂の元を辿ればいいだろう」

「噂そのものは、会合に参加した枢機卿たちやその従者から尾鰭《おひれ》がついて広まりました。婚約者候補だったのも側妃候補だったのも事実なので、余計にそんな話になったんですね」

「そんなことをしてもレオナ嬢やファラート家に利はないだろ？」

「ええ。令嬢としての名誉が傷付くだけです。だからこそ信憑性もあるわけでして」

「ファラート伯爵は利用されているのか？」

「おそらく」

ルードルフは指を組んでため息をついた。

「もう少し賢い人かと思っていたが……今日、伯爵は来ているか？」

「はい。閣僚棟でお見かけしました」

「あとで来るように言ってくれ」

「かしこまりました。そしてルードルフ様、もう1点、気になることがあるのですが」

「これ以上何があるんだ？」

「トゥルク王国からの返事です」

ルードルフの目つきが変わる。

「話せ」

フリッツは続けた。

「変わったことはないかとの問合せの答えです。わざわざ帝国に言うまでのことではないかもしれませんがとの前置き付きで、トゥルク王都の東側の地域のビレトという大きな池が一晩のうちに枯れたとのことです」

「なんだと」

「ルストロ宰相が至急調べているようですが、地盤沈下などはしていないようで、原因は未だ不明です。国民の間では天の怒りかと危惧《きぐ》する声が上がっているそうですが、元々水の少ない時期なのでそれで押し切っているそうです。ただ、ルストロ宰相の内心としてはエルヴィラ様に何かあったのではないかと心配しているとのことでした」

ルードルフは唸《うな》るように言った。

「……エルヴィラの身に何かがあるのか？　あるいは天は私がエルヴィラを粗末《そまつ》に扱っていると思っているのか？」

エルヴィラを偽聖女として追放してすぐ、トゥルク王国では天災が繰り返された。

それだけではない、最終的に大神官シモン・リュリュは雷に打たれて死んでしまった。

だから今でもトゥルク王国ではエルヴィラを虐《しいた》げれば天の怒りが落ちると信じられている。

ルードルフもだ。

フリッツが宥めるように言った。

「結論を出すのはまだ早いかと。ルードルフ様以上にエルヴィラ様を大切にしている方はいませんし、それこそ自然現象の可能性もあります」

だがルードルフは難しい顔をして腕を組む。

エルヴィラがゾマー帝国の聖女として認められ、トゥルク王国がゾマー帝国の領邦になって以来、トゥルク王国では天災は起こらず、むしろ豊作に恵まれている。

聖女エルヴィラ様のおかげだと、トゥルク王国の民は喜んでいると聞いていただけに、ルードルフの顔は曇る。

――エルヴィラに何かが起こるのか？　それとも、私が気付いていないだけで、もう起こっているのか？

「フリッツ」

ルードルフは低い声で告げた。

「エリックに言って内密にエルヴィラの無事を祈るよう頼んでくれ。聖誕祭当日のエルヴィラの護衛も増やすように。あと、ファラート伯爵をすぐにここに」

「はい」

「それから」

自分にできることの少なさに、ルードルフはため息をついた。

「できるだけいろんなところに目を光らせて、何か変わったことがあれば報告するようにしてほしい」

「分かりました」

心配しすぎだと笑わないフリッツが、今のルードルフにはありがたかった。

◆◇◆◇◆

その後、ファラート伯爵は最悪の機嫌のルードルフに呼び出された。

「そういうわけで、レオナ嬢と私の不名誉な噂について、ファラート伯爵からぜひ見解を聞きたいのだが」

声を荒げているわけではないのだが、ひとつひとつの言葉が刺すように低く重い。ファラート伯爵は、しどろもどろに答える。

「も、も、申し訳ありません。そのようなことになっていると、わたくしどもは今初めて知った始末で。レオナの側妃になりたい気持ちが先走ったのかもしれません」

伯爵は以前に会ったときよりもさらに痩せていたが、声に張りはあった。ルードルフはわざとらしく大きなため息をつく。

「側妃に関しては以前に断ったはずだが？」

ファラート伯爵は子どものように言い訳した。

「しかし、ま、まだ検討の余地はあると伺っています！　正式決定は、聖誕祭の日だと！」

「正式に言われるか非公式に言われるかの違いだけで、側妃が必要ないことに変わりはない」

「そんな!?」

まさか本当に側妃になれると思っていたのか？　ルードルフは怪訝《けげん》な顔をした。

「ファラート伯爵、私はエルヴィラ以外妃にしない。何があってもだ。レオナ嬢の幸せはファラート伯爵が考えるべきではないか？」

「おっしゃる通りです。失礼します」

伯爵は急いで立ち去ろうとした。だが。

「待て」

ルードルフの低い声にファラート伯爵は思わず足を止めた。

「今ならまだ許してやろう」

「何がですか？」

「何か企んでいるのなら、今すぐ言え」

「何も……そんな」

「言わないなら、あとで企みが明るみになったときどうなるか知らないぞ」

「なんの証拠があってそんなことをおっしゃるのですか！　カルネに選ばれし我が家門は皇室に、ひいては帝国にひたすら尽くしてきました！　どうぞ信じてください」

睨み合うような沈黙が続いた。

「分かった……その言葉を今は信じよう。だが裏切ったらどうなるか分かっているな」

「もちろんです」

ファラート伯爵は滑稽《こっけい》なほどぺこぺことお辞儀をして出ていった。

ファラート伯爵から、病に臥して起き上がれなくなったのでしばらく出仕《しゅっし》を辞退すると宮廷に届けがあったのはそれから数日後だった。

同時に、娘であるレオナ・ファラートも公の場に姿を現さなくなったが、関連付けて考えるものはまだいなかった。

◆◇◆◇◆

トゥルク王国の片田舎で、男は条件に合致する少女をやっと見つけた。美しい少女だったが、求めていたのは美貌ではない。

欲しかったのは、言葉では説明できない神秘的な魅力だ。

大勢を騙すには、それなりの説得力がいる。

だけど、やっと見つけた。

「デリア・カーラーさん？　住み込みで仕事を探しているというのはあなたですか？」

「はい、よろしくお願いします」

緊張しながら挨拶する少女は無垢《むく》な瞳と知的な佇まい、そして稀有《けう》な透明感を持っていた。

ぴったりだ。

男は、少女の両親を言い包め、少女の身柄を引き受けた。たっぷりの支度金を受け取った両親は、少女が王都の貴族の屋敷で働くのだと最後まで信じていた。

あまりにも長い旅路に、少女が疑問を抱いたときにはもう遅かった。

「私をどこに連れていくつもりですか」

恐る恐る聞く少女に、男は丁寧に答えた。

「連れていくといいますか、もう来ているんですよ」

「ここは……？」

「国境です。あなたには、ゾマー帝国で一芝居打ってもらいます」

「嫌です！　帰してください」

「ご両親がどうなってもいいんですか？　言うことを聞いていれば、あなたとご両親、両方の身の安全を保障しましょう」

ビレトの池が枯れたのは、男と少女が国境を超えてすぐだった。

◆◇◆◇◆

「エルヴィラさん、ちょっといいかしら？」

「はい。クラウディア様」

もうすぐ聖誕祭だという慌ただしい一日の終わりに、宮廷の回廊でクラウディア様に声をかけられました。クラウディア様は隅にわたくしを呼び寄せ、小声でおっしゃいます。

「時間がないから手短に話すわね。レオナさんが修道院に到着していないみたいなの」

まさか、という気持ちで顔を上げました。クラウディア様も眉を寄せて続けます。

「今日、向こうからこっちに修道女が何人かいらっしゃったのだけど、それらしき女性は来てないって言われたのよ」

「入れ違いではありませんか？」

「そうだといいんだけど、修道女たちはいつも、一人旅している若い女性はいないか気にかけていらっしゃるの。だけど、どの町にも最近若い女性が立ち寄った痕跡《こんせき》はなかったって言っていたわ」

レオナさんに紹介状を渡すとき、安全に修道院まで到着できる旅路をお教えしていました。そこを通っているなら今回の修道女たちとどこかですれ違っているはずです。

「調べてみます」

嫌な予感を抱きながらわたくしは言いました。

「お願いね。私もいろいろと手間取っていて確かめる時間がないのよ」

「こちらこそ、慌ただしいときにお気遣いありがとうございます」

「いいのよ。あ、そうそう、ラザル家からは返事がきたわ」

「どうでしたか？」

クラウディア様はにっこりと笑いました。

「一度顔を合わせてみたいって。大丈夫よ、ファラート伯爵夫人には似ていないようだって、言い添えておいたから好感触のはず。ではそういうことで、よろしくね」

「はい、お気をつけて」

慌ただしく立ち去るクラウディア様の背中を見送りながら、わたくしはレオナさんの安否が気になりました。お話したのは短い時間でしたが、レオナさんの決意が固いことはわたくしにも十分伝わりました。

なのに、デンシュトに向かっていないとは。途中で何かあった……あるいは連れ戻されたのでしょうか。

わたくしがファラート家に問い合わせても素直に答えてくれるかが問題です。どなたかレオナさんの身を心配してくださる方に動いてもらう方が確実と考えたわたくしは、急いでローゼマリーを執務室に呼びました。

「どうされました？」

わたくしはいくつかの書き付けをローゼマリーに渡します。

「至急、シャルロッテ様に連絡を取ってほしいの。あと、明日の午後の予定を空けてくれる？ここに先触れを出してちょうだい」

「かしこまりました」

書き付けを見たローゼマリーは意外そうに確認しました。

「シャルロッテ様とアカデミーにお出かけですか？」

「ええ。ちょっと人を探しています」

◆◇◆◇◆

翌日。

「それでここに？」

シャルロッテ様をお誘いして足を運んだのは、アカデミーの図書館でした。

アカデミーは、帝都の外れにある大学及び併設された研究所の総称です。たくさんの研究生や教授、学びを深めたい学徒などが寝る間も惜しんで勉強されています。

「ええ、お付き合いさせて申し訳ありませんが、少々気になることがありまして」

わたくしの言葉に、シャルロッテ様は瞳を輝かせて辺りを見回しました。

「全然！　ここの許可証はさすがに手に入れていないので、声をかけてくださってとても嬉しいですわ。最近どこかの商会が大量に本を購入したと聞いて、羨ましくて羨ましくて歯噛みしていたところだったんですの」

本はとても貴重品です。ですからどこの図書室も、身元のしっかりしている者にしか許可証を出しません。神殿の図書室などは同伴者の入室を認めていますが、アカデミーは入館も貸し出しもしっかりと、一人一人の身分と名前を証明させられます。

「こちらへどうぞ」

案内をしてくださるのは、たまたま手が空いていたというボニハーツ学部長でした。突然の訪問にもかかわらず、いきいきとした様子でわたくしたちの前を歩いていらっしゃいます。

「お忙しいところ突然訪問して恐れ入ります。入館の便宜《べんぎ》も図ってくださって感謝いたします」

ボニハーツ学部長は楽しそうにお答えになりました。

「いいえ、妃殿下とそのお連れ様なら誰よりも身元がしっかりしていますからね！　むしろ皇族の方に見学に来ていただけるなんて張り合いが出ます！」

「私も便乗できて嬉しいです」

隣でシャルロッテ様が愛らしく微笑みました。

「もっと誰でも学べるようにしたいのですが、なかなか難しくてねえ」

ボニハーツ学部長は柔和な笑顔を浮かべて、振り返ります。

「図書館はこちらになります」

案内された先は、天井の高い石造りの建物でした。中に入ると、梯子《はしご》を使わなければ登れないようなところまでぎっしりと本が詰まっています。

「どこを見ても本ですねえ……」

わたくしの後ろをついてきたローゼマリーが呟きました。

「すごいな」

護衛のクリストフも思わず漏れたというように相槌《あいづち》を打ちます。

「これでまだ第一図書館ですから。第五図書館まであります」

「この規模が五つも！」

さすがのシャルロッテ様も目を丸くしました。これは聞いた方が早いと思ったわたくしは学部長に尋ねます。

「ボニハーツ学部長、植物学の本を拝読したいのですが、どこを見ればいいでしょうか？」

学部長は嬉しそうに笑って答えました。

「妃殿下は植物に興味が？　さすがです！　乙女の百合に関することでしょうか？　おっとこれは失礼！　妃殿下といえども、研究に関してはおいそれとは言えませんね！」

わたくしは鷹揚《おうよう》に微笑みました。

「そんなところですわ」

「偶然にも植物学の本でしたら、今いらっしゃる第一図書館にたくさんあります！」

「少し、自分たちだけで本を見させていただいても？」

「どうぞどうぞ！　わたくしは出ておりますので、帰るとき声をかけてください。貸し出しの際は受付で手続きをお願いします」

あらかじめボニハーツ学部長は貸し出し表まで用意してくださっていました。

「ありがとうございます」

学部長に感謝しながら、城壁のように高い書棚の間をわたくしたちは静かに歩きました。数人の研究者らしき人にすれ違いましたが、皆、書棚の本に夢中でわたくしたちを見もしません。

「エルヴィラ様、なんの本をお探しですか？」

小声でシャルロッテ様が聞きました。

「カルネに関しての本か論文を」

「カルネですか？」

「ええ、ちょっと調べてみようと思って」

シャルロッテ様が首を捻りました。

「カルネはわたくしもあまり知りませんね。ファラート家が外に情報を出さないので」

「そうなのですね」

「あの、失礼します」

突然、抑えた声で話しかけられ、わたくしとシャルロッテ様が顔を上げますと、さっき書棚ですれ違った男性が真剣な表情で立っていました。

ぼさぼさの髪に眼鏡をかけたその男性は、シャツのボタンは首元まで留めていましたが、インクで汚れた袖口はそのままでした。

「小耳に挟んだのですが、ファラート家のお知り合いの方ですか？」

わたくしよりクリストフが先に、男性に問いかけます。

「あなたは？」

「エメリヒ・ヴェルフと申します。植物学が専門でここに所属する研究者です」

わたくしは息を呑みました。ではこの方が、エメリヒさん。

わたくしはクリストフに小さく頷いてから、尋ねます。

「エメリヒさん。ファラート家に何かご用ですか？」

その言葉でわたくしがファラート家に関係する者だと思ったのでしょう。エメリヒさんは真剣な表情を少しだけ緩めて言いました。

「ファラート家のご令嬢、レオナさんはお元気ですか？」

わたくしとシャルロッテ様はお互い顔を見合わせました。

「ここではなんですから、外で少しお話ししませんか？」

わたくしが提案しますと、エメリヒさんは戸惑った様子を見せながらも頷きました。

◆◇◆◇◆

図書館の外のベンチでわたくしたちは並んで腰掛けました。風が少し強いですが、エルマの外套が威力を発揮してくれます。

「エメリヒさんとレオナさんは、どういう関係なのですか？」

単刀直入に聞くと、エメリヒさんは明らかに動揺して口を尖らせます。

「ど、どういうって別に」

「お知り合いですよね？」

シャルロッテ様の助け船に、ほっとしたようにエメリヒさんは頷きました。

「はい、そうです。論文を読んでくれたのをきっかけに手紙のやり取りをしていたのですが、この1カ月、返事もなくて気になっていたんです。領地から帝都に戻ってきているとは聞いていたので、なんの連絡もないのはおかしいなって思って」

「でも、たった1カ月でしょう？」

「ですが、皇太子妃殿下にいじめられていると小耳に挟んで」

「……」

わたくしはクリストフとローゼマリーを目で制します。シャルロッテ様が笑いを噛み殺したように聞きました。

「どういうふうにいじめられていると聞いたんですか？」

「カルネを踏みつけられたとか」

踏んでません。

「あんなにカルネを大事にしていた方だからきっと悲しんでいるだろうと思って、何度か手紙を送ったのですが返事がなくて心配で」

わたくしは気を取り直して質問します。

「ご両親に手紙のやり取りを反対されているとは考えないのですか？」

「反対？　なぜ？」

「年頃の娘さんですから」

「そんな！　僕はそんなつもりは……」

わたくしはちょっと冷たい口調で尋ねます。

「そんなつもりがないのなら、レオナさんを探す必要はないのでは？」

するとエメリヒさんは困ったように眉を寄せました。わたくしはエメリヒさんをじっと見つめながら言います。

「わたくし、今日はあなたを探しにここに来たんです」

「僕を？　会ったこともないあなたたちがなぜ？」

「これをお渡ししたくて」

レオナさんからの手紙を差し出すと、エメリヒさんは驚いたようにそれを受け取りすぐに目を通しました。そして呟きます。

「今までありがとうとそれだけ……いったい彼女に何が……あの、あなたたちは？」

「レオナさんの友人です」

「帝都に友人がいたなんて聞いていませんでしたが……」

「最近知り合ったばかりですの。それより、わたくしの推測が正しければ、ここにあるすべてのカルネの本の貸出記録にエメリヒさんの名前があるはずなのですが、いかがですが？」

エメリヒさんはわずかに耳を赤くして頷きました。

「おっしゃる通りです。あと、カルネに似たオラーシーという植物の論文も読みました。オラーシーも2回旬があるんです。でもカルネと違ってどこでも自生するのが面白いところで、帝都でも見ることができます。レオナさんとも言っていたのですが、オラーシーとカルネを比較して研究するのは面白いんじゃないかと」

「待って」

流暢に話し続けるエメリヒさんを制するように、シャルロッテ様が尋ねます。

「オーラシーの話は置いておいて、そもそもレオナさんとエメリヒさんはどういう関係なの？側妃候補になったこと聞いていらっしゃる？」

エメリヒさんが小声で頷きました。

「知っています」

わたくしは驚きました。シャルロッテ様も意外そうに尋ねます。

「それでいいの？」

「僕は、あの人が選んだことを反対できる立場ではありません。側妃とは少し意外でしたが、それがあの人の決めた幸せなら応援するつもりです。ただ、それを伝えようにも手紙の返事がなくて、どうしたらいいかと考えていました」

エメリヒさんは手紙を見つめながら、わたくしたちに質問しました。

「あなたたちにこれを託したということは、レオナさんは元気だと思っていいんですよね？」

わたくしは正直に答えます。

「そう思いたいのですが、彼女は今、どこにいるか分からないんです」

「え!? 帝都のお屋敷じゃ？」

「そうかもしれませんが、確信が持てません。それにエメリヒさん……レオナさんは選んではいません」

「え？」

わたくしはあの日のレオナさんを思い出しながら言いました。

「側妃になることはレオナさんが選んだことではありません。温室を焼かれて、仕方なく言う通りにしていただけです」

「温室を……焼く？　なんのことですか？」

わたくしはエメリヒさんとシャルロッテ様に話しました。レオナさんの置かれている状況と、彼女の決意を。

「そんな……」

エメリヒさんは愕然としたように呟きます。

「あんなに大事にしていた温室を焼かれるだなんて」

「ひどいわ」

シャルロッテ様も憤慨したように言ってから、首を傾げます。

「でもおかしいわよね？　側妃の話は断ったはずなのになぜまだこだわるのかしら」

「……じゃないですか……」

呆然としていたエメリヒさんがぼそりと言いました。聞き返す前に、エメリヒさんは大声で叫びます。

「大変じゃないですか！　温室を焼かれて側妃候補にされてさらに行方不明？　こうしちゃいられない！　今すぐ彼女を探さなくては！」

「エメリヒさん、落ち着いてください」

「そうよ、それにうるさいわ」

「これが落ち着いていられますか！」

「落ち着きなさい！」

思わず諫《いさ》めると、エメリヒさんはピタッと動きを止めました。わたくしは言い聞かすようにエメリヒさんに伝えます。

「レオナさんの行方はわたくしたちも探しています。あなたも協力してくれませんか？」

「もちろんです！」

エメリヒさんがさっきとは比べ物にならないくらい力強い声で言いました。それからはっとしたように問いかけます。

「えっと、今さらですがあなた方は……？」

そういえば、ちゃんと名乗っていませんでした。失礼しました、とわたくしが自己紹介しようとしたら、先にシャルロッテ様が言いました。

「私はシャルロッテ・ギーセン、こちらは皇太子妃殿下です」

「え？　皇太子、ひ、妃殿下？　え？　って、カルネを踏んだ？」

「踏んでません」

わたくしはエメリヒさんに訂正してから、シャルロッテ様を軽く睨みます。

「シャルロッテ様、面白がっていますね？」

「ごめんなさい、つい」

「エメリヒさんも固まらないでください」

エメリヒさんが再び動くようになるまでしばらくかかりました。

◆◇◆◇◆

その夜。

このところお忙しかったルードルフ様と、久しぶりにゆっくりと2人で話ができました。

「そういうわけでエメリヒさんに手紙は渡せたのですが、レオナさんの行方は分からないままなんです」

ですが、不穏《ふおん》な内容ばかりで思わずため息が出ます。

「レオナさんは、やはりお屋敷にいらっしゃるのでしょうか」

ルードルフ様がソファの隣で頷きます。

「出奔《しゅっぽん》するのが露見《ろけん》して、閉じ込められているのかもしれないな」

そうなると助けるのも一苦労です。わたくしが考え込んでいると、どこか疲れの取れない声でルードルフ様が言いました。

「エルヴィラ、私からも耳に入れておきたい話があるんだが」

「なんでしょう？」

「そのレオナ嬢と、私に不名誉な噂が立っている。レオナ嬢は私の愛人で、私はレオナ嬢を囲おうとしていると」

「愛人……!?」

ルードルフ様が座ったまま頭を抱えました。

「ああ、エルヴィラにそんな言葉を言わせてしまった……」

わたくし以上に動揺するルードルフ様を見て、逆に落ち着きを取り戻しました。

「あの、失礼いたしました。側妃と愛人は違うのだと思ってつい」

わたくしがなんとも思っていない様子を感じ取ったのかルードルフ様はほっとしたように座り直します。

「お茶のお代わりを淹れましょうか？　お酒にします？」

「すまない。お茶を頼む」

「はい」

わたくしは湯気の立つカミツレのお茶をルードルフ様の前に置きました。隣に座って、同じお茶をいただきながら話します。

「愛人だなんて噂、心配しなくても信じません。レオナさんがルードルフ様のことをなんとも思っていないのはよく知っています」

「う、うん。レオナ嬢は私のことなど何も思っていないだろう……」

ルードルフ様が複雑そうなお顔なので、つい見咎めました。

「もしかして残念なのですか？」

ルードルフ様は目を見開いて力説します。

「そんなことはない！　ないけど！　ただ……」

「ただ？」

「レオナ嬢になんとも思われていない私のことをエルヴィラがどう思っているのかは気になる」

わたくしは思わず吹き出しそうになりました。カップを置いて微笑みながら伝えます。

「いつもと同じですわ」

「同じって？」

「いつもと同じで……とても大切に思っています」

「私もだ！」

ルードルフ様がぎゅっとわたくしを抱きしめます。わたくしは小さく笑いながらその胸の温かさを感じるのでした。

そしてそのまま問いかけます。

「ルードルフ様は、今回の件、誰がどう糸を引いていると思います？」

レオナさんとルードルフ様が愛人関係でない以上、誰かが故意に噂を撒いているのは確かです。ルードルフ様はわたくしを離さず答えました。

「ノァラート家が捨て駒にされているのは確かだ。だが目的が見えないのが厄介《やっかい》だな」

「わたくしを失脚させたいのでしょうか？」

皇太子妃の座を狙っているということも考えられます。しかし、ルードルフ様はそれには頷けないようでした。

「そこらの貴族にはエルヴィラは失脚させられないよ。そしてエルヴィラを失脚させるような力のある貴族なら、エルヴィラを敵に回すことの意味をよく分かっているだろう」

「だとしたらルードルフ様に危害を……？」

ルードルフ様は首を振ります。

「それも考えにくい。今私に何かあっても父上も母上も健在だ。反撃を恐れるのが普通だ」

ふと、いつかのシャルロッテ様の言葉が蘇《よみがえ》りました。

――エルヴィラ様とルードルフ様が仲睦まじいことが帝国の平和の象徴なんですから。

「ルードルフ様、もしかして」

私は顔を上げました。

「どうした？」

「誰かが、わたくしとルードルフ様の仲を引き裂きたいのではないでしょうか」

「私とエルヴィラの仲を？」

ルードルフ様の婚約者候補だったレオナさんは、新たにルードルフ様の側妃候補になりましたが断られ、着飾ってわたくしをじっと見つめるよう指示されていました。

ルードルフ様とレオナさんの不名誉な噂を立てるために。

「わたくしたちが、その、仲がいいことはよく知られていますから、その前提を覆したいがための今までだったんじゃないでしょうか。元々婚約者候補だったレオナさんは、噂に信憑性《しんぴょうせい》を出すのに最適でした。誰がなんのためにというのが分からないのは歯がゆいですが、それなら辻褄《つじつま》が合います」

ルードルフ様も考え込むように頷きました。

「確かに……筋が通っている」

「許せません」

思わず、硬い声が出ました。

「そんなことのために……レオナさんの温室が燃やされたなんて」

「ああ」

ルードルフ様の腕に、さらに力が込められます。

「誰だか知らないが、私とエルヴィラの仲を引き裂こうとしたことを後悔させてやる」

とても低い声でした。

◆◇◆◇◆

レオナさんと連絡は取れないまま、いよいよ明日が聖誕祭です。

――万事、了解しました。お言葉に甘えてたくさんの本を取り寄せています。

一日の執務を終え、シャルロッテ様からの手紙の返事を読んでいるわたくしにエルマがお茶を用意してくれました。ありがたくテーブルに移ると、クラッセン伯爵夫人が微笑みます。

「聖誕祭まで、あっという間でしたね」

「おかげで風邪も引かずに迎えられるわ」

わたくしは濃いお茶と林檎《りんご》のパイをいただきながら答えます。

「午後からお休みをいただいているので、エルマは弟たちと見にいきますね」

「わたくしも久しぶりにエドと出かけます」

エドとはクラッセン伯爵、つまりクラッセン伯爵夫人の旦那様です。

「ローゼマリーにはお休みをあげられなくてごめんなさいね」

わたくしが言うと、ローゼマリーは首を振りました。

「大丈夫です！　おかげでエルヴィラ様の近くで見られますもの。役得です！」

「どちらにせよクリストフは一緒ですものね」

「クラッセン伯爵夫人！」

ローゼマリーが顔を赤くしました。ローゼマリーとクリストフは、いつも通りわたくしの傍につくのです。

「あの、エルヴィラ様、明日のドレスは白なんですよね」

エルマが楽しそうに聞きます。わたくしは頷きました。

「ええ、白よ。衣装の選定は神殿だったから、エルマたちはまだ見ていないのよね」

「考えただけで素敵です。エルマ、当日は遠くから見届けます！」

「近くで見ていてもいいのよ？」

「いいえ！　エルマはいつもエルヴィラ様といることができますから、お仕事じゃないときくらいはお会いしたことのない帝都の人たちに譲ります」

エルマの謙虚《けんきょ》さに思わず笑みがこぼれます。

「ありがとう」

クラッセン伯爵夫人も目を細めました。

「きっと、輝くばかりにお美しいでしょうね」

「皆さん、ご安心ください。エルヴィラ様が当日お風邪を召されませんように、このローゼマリー、暖かな肌着をたくさん用意しています。明日はそれをたくさん着込んでもらいます」

「そんなんじゃ雪だるまみたいになっちゃうわ」

「どんなエルヴィラ様も可愛らしいです」

「明日が楽しみだわ」

ずっとこんな時間が続けばいいのに、と思うほど心地よいひとときでした。

◆◇◆◇◆

そして聖誕祭の朝がきました。

「おはようございます。エルヴィラ様」

「おはよう、ローゼマリー、あのね、これ」

わたくしは迎えにきてくれたローゼマリーにリボンで包んだ箱を渡します。この日のために神殿と宮廷を行ったり来たりしてくれたお礼でした。

「よかったら使ってみて」

「私に？　エルヴィラ様から？　え、そんな、よろしいのですか？」

「大したものじゃないけど」

ガサガサと音を立ててローゼマリーが包みを開けました。中に入っているのはスカーフです。

「帝国では肌寒いときに首にスカーフを巻くって聞いたから、ローゼマリーにもと思ったの」

「綺麗なピンク……素敵なスカーフです！　エルヴィラ様、ありがとうございます！　どうしましょう！　もったいなくて使えません」

「使ってほしいわ」

「じゃあ肌身離さずつけます」

「極端ね」

くすくすと笑いながら、わたくしたちは神殿に行くための準備を始めました。

◆◇◆◇◆

「やっと聖誕祭か」

男は、朝日に目を細め、満足そうな声を出した。

これで聖女を手に入れることができる。

自分が望んだものはいつも必ず最後には手に入った。今回もそうだ。

「天もやはり、エルヴィラ様を聖女としてだけ扱ってほしいのだ」

すべての仕掛けは順調に発動している。そのために多少強引な手段を使ったが、男自身にはなんの天罰もなかった。

男は自信を持って、会場に向かった。

やはり私は天に愛されている。私こそ聖女様を手に入れるのにふさわしい、と考えながら。

5章　毎年一番の木が選ばれる

「いいお天気ね」

聖誕祭のために神殿に向かう道にうっすらと昨日の雪が残っていました。朝の光がそれを反射しています。

「これくらいの雪がちょうどいいです！　盛り上がるし、寒さもそれほどじゃないですし！」

馬車の中でローゼマリーがそう教えてくれます。わたくしは眩しさに目を細めながら頷きました。

「そうなのね」

神殿に到着するとすでに会場はできあがっていました。

正面の広場に作られた舞台の玉座に腰掛けるのが、わたくしの今日の主な仕事です。皇帝陛下と皇后陛下は儀式が始まるまでは宮廷にいらっしゃって、儀式を見届けるとまた戻る予定でした。ルードルフ様は帝都を回る役割を終えてから、神殿にいらっしゃる予定です。

今日という大切な日を、両陛下はすべてわたくしとルードルフ様に任せてくださいました。

「おはようございます。エルヴィラ様」

「エリック様、おはようございます」

「おはようございます、妃殿下」

「アーレンツ様、おはようございます」

会合ですっかり顔馴染みになった方々に挨拶をし、わたくしは聖女としての準備を始めるために控え室に向かいました。白いドレスの下にローゼマリー特製の暖かなシャツを着込まなくてはいけません。

「絹と毛の薄いシャツを交互に着るのがコツです」

着替えを手伝いながら、ローゼマリーが自慢げに言います。

「本当。この方が暖かね」

言われるままにシャツを重ね着したわたくしは感心して鏡を覗き込みました。軽くて、薄いのに、寒くないのです。

「これだとドレスのラインを崩さないんですよ」

「よかったわ」

ドレスは飾りのないものでありながらしっかりと裾まで広がり、特別な雰囲気を演出してくれています。両側に火を焚《た》いてくれるとはいえ、丸一日外にいるわたくしは真っ白な毛皮も外套も身につけ、儀式のときだけ脱ぐことになっていました。

「それでは行きましょうか」

「はい」

控室を出て、広場に移動していると、ローゼマリーが楽しそうに言いました。

「今年の木はどれくらい大きいんでしょう」

『恥ずかしがり屋の聖女様』が冬を暖かく過ごせるように、あらかじめ用意していた大きな木を薪にして火にくべるのが聖誕祭の主要な儀式です。

大人が2人がかりで手を回しても足りないくらいの太さのものを、前日までに森で切り倒し、専用の大きなソリに乗せてこの神殿まで運びます。その木が大きければ大きいほどお祭りは盛り上がるのでした。

舞台の上の玉座に座って、わたくしは広場を見下ろします。

「ここまでソリで運ばれてくるのよね」

ソリは途中からルードルフ様が率いる馬に繋がれて、運搬されます。それを一目見ようと人々は街に集まるのでした。

「大通りでは屋台が出ていますよ」

「まだ朝なのに？」

「ソリの行進を待っている合間に食べるのが美味しいんですすよ」

聖誕祭はわたくしたちの冬の備蓄を確かめるお祭りでもあります。秋のどんぐりをたくさん食べて太った豚が屠《ほふ》られ、切り分けられ、最後にはソーセージにされます。

それらはもちろん聖女様に捧げられますが、屋台もたくさん出て、街は大騒ぎです。

「屋台……美味しそうね」

ちょっとだけ羨ましくなって、わたくしは呟きました。ローゼマリーが笑います。

「屋台の食べ物は無理ですけど、あとで温かいものをお持ちしますね。そういえばさっきバスティアンの店のお針子たちが、さっそく買い食いしているのを見ましたよ。今日はお店、休みみたいですね」

今日のドレスを作ってくれたのはバスティアンの店でした。

「バスティアンたちもずっと忙しかったでしょうから、やっと一息つけたんじゃないかしら」

ソリはまだ遠くを走っているのでしょう。始まるまで少し時間がありました。それまでに、とわたくしのところにいろんな方が挨拶に来ます。

ローゼマリーと共にその応対をこなしていると。

「お久しぶりです、エルヴィラ様！　今日はやはり特別お美しい！」

ショール商会長がいつもの元気のよさで登場しました。

「戻ってこられたんですね。お仕事はもう終わったんですか？」

「はい。おかげで充実した取引ができました」

「それはよかったですね」

ショール商会長は最初こそ、派手に儀式をしたいと主張していましたが、途中からすっかり大人しく他の皆の言うがままに会合に参加していました。

わたくしとも距離を取るようになり安心していたのですが、ローゼマリーなどはいまだに警戒しています。ですがそんなことは気にしない様子で、ショール商会長は言いました。

「あの、エルヴィラ様、トゥルク王国の聖女信仰について少し質問したいのですが」

ローゼマリーが迷ったようにわたくしを見ました。信仰のことなら邪魔をしてはいけないと思ったのでしょう。わたくしは小さく頷きます。

「なんでしょう？」

「ありがとうございます！　ええっとですね」

ショール商会長の質問は少し意外なものでした。

「ゾマー帝国とトゥルク王国は同じ聖女信仰を祖にしているのに、トゥルク王国ではごく稀に聖女が顕現《けんげん》し、ゾマー帝国ではまったく現れないことのはなぜだと思いますか？」

わたくしは少し考えてから答えます。

「わたくしがその正解を知っているわけではありませんが、目で見えるものだけがすべてでないと解釈しています」

「どういうことですか」

「皮肉なことに、聖女が顕現する可能性があるトゥルク王国の方が、神殿の腐敗《ふはい》を招きました。ですが、ゾマー帝国は違います。姿が見えなくても、いいえ、見えないからこそ、聖女様は一人一人の胸の内に確かにいらっしゃると人々は信じました」

わたくしは今日の眩しい朝の光を眺めながら言いました。

「『恥ずかしがり屋の聖女様の聖誕祭』は、そんなゾマー帝国の人たちの信仰の現れのひとつ。わたくしが儀式は今まで通りというのも、わたくしが聖女として表に出なくても、十分成り立つからです」

「なるほど。エルヴィラ様のお気持ちはよく分かりました」

ショール商会長は舞台の上から振り返るように、神殿に視線を移しました。

「エルヴィラ様の聖女の認定の儀式のとき、私はそこにいたんです」

「そうなのですか。あのときは大勢の方が見守ってくださっていました」

「ローゼマリーさんが異議を申し立てるのも見ました。はっきり言ってあの場にふさわしいものではありませんでしたね」

「ですが、そのおかげでわたくしは素晴らしい侍女を得ました。聖女様のお導きだと思っています」

「さすがエルヴィラ様です、お優しい……おっと、お忙しいところ申し訳ありません。これで失礼します」

来たときと同じように突然去っていくショール商会長を見送りながら、ローゼマリーが首を捻ります。

「なんだか今日のギルベルトさん、様子が変じゃないですか」

「そうですか？」

変といえば最初から変でした。そんなことを考えていると、また別の方から声がかかります。

「妃殿下、おはようございます」

「おはようございます！　バルフェット侯爵夫人」

いつの間にかバルフェット侯爵夫人が隣にいたので、わたくしも立ち上がりました。バルフェット侯爵夫人はローゼマリーとともに、今日一日わたくしの傍についていてくださるのです。

シャルロッテ様もその役割に立候補していたのですが、当日は双子のお嬢様方の傍にいてあげるべきだと、わたくしの方からベルフェット侯爵夫人にお願いすることにしました。

沈黙が流れましたが、不思議と気詰《きづ》まりではありません。わたくしはふと思い出して、バルフェット侯爵夫人に尋ねました。

「あの、バルフェット侯爵夫人、ずっと前、レオナさんと一緒に神殿にいたのをお見かけしたのですが、お知り合いでしたか？」

「レオナさん？」

「レオナ・ファラート伯爵令嬢です。カルネの家門の」

バルフェット伯爵夫人は遠い目をしてから、思い出したように言いました。

「ああ、知り合いというか、一度、図書室の場所を聞かれましたね。それのことですか？」

「図書室？」

「母親と下見に来たけどはぐれたから図書室に行きたいとおっしゃっていました」

――ここの図書室は論文も多いんです。

シャルロッテ様がそう言っていたのを思い出しました。

「レオナさんらしいですわ……」

わたくしの呟きはバルフェット侯爵夫人には聞こえていなかったようです。怪訝そうに言いました。

「許可証がいると聞いて諦めたようですが……率直にお聞きしますが、ファラート伯爵令嬢が皇太子殿下の愛人だから気になるのですか？」

率直すぎて吹き出しそうになりました。

「なんですか」

バルフェット侯爵夫人がいつもと同じ口調で問い返します。わたくしは笑いを堪えながら答えました。

「いえ、あの、愛人ではないです」

侯爵夫人は納得したように頷きます。

「そんな気がしていましたよ」

「分かりますか？」

「ええ、愛人には詳しい方なので」

愛人に詳しい？

深くお聞きしたいところでしたが、神殿の外から騒がしい気配がだんだんと近づいてきたので中断しました。

ローゼマリーが興奮したように叫びます。

「エルヴィラ様！　ソリです！　ソリがきましたよ！」

「まあ！」

わたくしも立ち上がって目を見張りました。神殿の門を通って、ルードルフ様率いる馬がソリを引いてくるのが見えます。

運ばれている木は本当に大きくて、よくぞここまで持ってこられたと感心しました。

「これが今年の木ですか……」

感極まって呟くと、バルフェット侯爵夫人が満足そうに頷きます。

「毎年、一番の木が選ばれます。いい木ですね」

「そのために何年も何年も前から苗が植えられるんですよね……素敵です」

「どうされました？」

バルフェット侯爵夫人が驚いたように私の顔を見つめました。わたくしは、ハンカチを取り出し涙を拭います。

「感動しているんです」

——わたくしはいつか消える身ですが、恥ずかしがり屋の聖女様はこうやって残る。

「この光景を見られたことが嬉しくて」

バルフェット侯爵夫人は何か言いたげに口を開きかけましたが、

「エルヴィラ！」

興奮したように馬から降りたルードルフ様の声がそれをかき消しました。ルードルフ様も真っ白な上着を着ていらっしゃいます。見惚《みと》れているうちに、両陛下の乗った馬車も到着しました。

聖誕祭の始まりです。

わたくしは笑顔でルードルフ様に応えました。


聖誕祭は順調に進みました。

わたくしが舞台の上でお祈りを捧げると同時に、大人も子どもも一丸となって運ばれてきた大木を元に薪を作ります。ある程度、薪ができたら火を起こします。その後は焚き火を囲んで皆で踊ったり、歌ったり、大盛り上がりです。

食べ物もあちこちで振る舞われ、長い冬の前に、大人も子どもも、平民も貴族も、大はしゃぎでした。

陛下もクラウディア様も笑顔で皆に手を振っています。

一段落し、ようやくルードルフ様がわたくしの隣に来ました。

「やっと近くで顔が見れた。今日の衣装もよく似合っている」

「ありがとうございます。ルードルフ様も」

それぞれの役割をこなしている間、どうしても離れたところにいたのですが、最後の最後になって一緒に過ごせたことがとても嬉しく思えました。

楽しかった聖誕祭も、そろそろ終わりが近づきます。

冬の夜はそこまできていました。

「無事に終わりそうですね」

「エルヴィラのおかげだ」

「これでレオナさんの所在が分かれば言うことないのですが……」

「ああ、もしかして現れるかと思ったのだが、見かけないな」

やはり一度、ファラート家に様子を見に行こうと考えていると、ローゼマリーが両陛下がそろそろ宮廷に戻る頃だと知らせに来ました。

お見送りに行くと、陛下とクラウディア様がそれぞれわたくしたちに声をかけてくださいます。

「エルヴィラさん、ルードルフ、今日はお疲れ様」

「2人とも初めてながらいい聖誕祭だった。来年も楽しみだ」

「ありがとうございます」

「お2人もどうぞゆっくりと休んでください」

そんな会話を交わしながら、陛下とクラウディア様が馬車に乗り込むのを見届けました。

儀式の張り詰めた空気は薄れ、今は高揚感《こうようかん》だけが辺りに漂《ただよ》っています。

ルードルフ様と交代するようにバルフェット侯爵夫人は退場し、ローゼマリーとクリストフ、他の護衛の方々は付かず離れずの距離でわたくしたちを見守っていました。クラッセン伯爵夫妻やエルマ、シャルロッテ様のご家族もこの場のどこかにいるはずです。

「聖誕祭バンザイ！」

「エルヴィラ様！」

「ルードルフ様！」

人々の盛り上がりは最高潮で、ざわめきもうるさいほどです。

なのになぜか。

なぜか、わたくしは視線を感じて振り向きました。

そこにはショール商会長が立っていました。

わたくしと目が合うと、不敵な笑みを浮かべました。いつもの愛想笑いが心からの笑顔とは思っていませんでしたが、それにしてもどこか引っかかる笑顔でした。

その笑顔を振り払おうとわたくしがルードルフ様に話しかけようとした瞬間。

――その知らせは飛び込んできました。

広場の正面から一人の使者が走ってきます。

使者は舞台に近づいてわたくしたちを確認してから叫びました。

「皇太子殿下と妃殿下に至急報告がございます！」

わたくしとルードルフ様は目を合わせて頷きます。突発的な出来事が起こるのは予想していました。

「エリック、部屋を貸せ」

「こちらです」

あらかじめ空けていただいていた神殿の一室に使者を呼び、話を聞きます。

「ここなら話が漏れることはない。落ち着いて話せ」

「東部に新しい聖女様が現れました！」

荒い息で汗をかいた使者は、片膝をついて焦ったように続けます。

「数日中には、帝都に到着するとのことです」

ルードルフ様が、苛立ったように使者に詰め寄りました。

「何を言っている！　聖女はエルヴィラだ！」

「も、もちろんでございます！　で、ですが」

「ルードルフ様」

わたくしはルードルフ様に向かって首を振ります。

「まずは陛下のところに伺いましょう」

「……そうだな」

ルードルフ様は落ち着きを取り戻した様子で、エリック様に指示を出します。

「エリック、こういう事情だ。私とエルヴィラは宮廷に向かう」

「承知いたしました。あとのことはお任せください」

エリック様も真剣な表情で、頷きました。

「行こう、エルヴィラ」

「はい」

はやる気持ちを抑えて、わたくしたちは馬車に乗り込みます。

──新たな聖女様が現れた。

わたくしは胸の内で事実を冷静に受け止めました。

おそらくその聖女様は偽物。

国益のためという名目で、その方をルードルフ様の側妃にしようというわけですね。どこのどなたの企みか分かりませんが、なるほど──。

「なるほど、そうきたか」

わたくしは思わず、隣に座っているルードルフ様を見つめました。ルードルフ様が不思議そうな顔を向けます。

「どうした？」

「同じことを考えていましたので」

ルードルフ様が笑みを浮かべました。

「気が合うな」

「光栄ですわ」

わたくしも微笑みながら付け足します。

「わたくしたちなら大丈夫ですね」

「もちろんだ」

本当に聖女様なら喜ばしいことですが、わたくしとルードルフ様を引き離すための罠だとしたら許せません。さすがに聖女様を騙《かた》られるのは、もううんざりです。

ルードルフ様は、わたくしの手にご自分の手を重ねて言いました。

「あの日小庭園で言ったように、これからも同じ冬を過ごすのはエルヴィラだ。エルヴィラしかいない」

「……わたくしもです」

馬車はすぐに、宮廷に到着しました。

◆◇◆◇◆

謁見室《えっけん》に通されたわたくしたちは、まずは両陛下とギーセン宰相の５人で意見を出し合いました。陛下が重々しくおっしゃいます。

「新聖女が無事に辿り着いたら、まずは宮廷で保護せねばなるまい」

ギーセン宰相が頷きました。

「神殿の見解も聞かねばなりませぬな。明日にでも会議を開く手筈《てはず》を整えます」

「頼んだぞ。それで到着した後の新聖女の扱いだが……」

陛下が珍しく歯切れ悪くルードルフ様に視線を送りました。わたくしに気を遣っているのでしょう。ルードルフ様が先に口を開きます。

「陛下、一言よろしいでしょうか」

「言ってみろ」

促されたルードルフ様はきっぱりと告げました。

「たとえその新聖女が本物でも、私の側妃にはしないでください」

「何？」

「エルヴィラ以外を妃にすることはあり得ませんので」

「しかしお前」

「ふふっ面白い」

いきなりの宣言に陛下が戸惑い、クラウディア様が声を立てて笑いました。陛下が困ったようにおっしゃいます。

「……本物の聖女なら側妃にするのが内政的にも外政的にも丸く収まるぞ？」

「だったら父上の側妃にすればよろしいのでは？」

「あら、確かにそうね」

クラウディア様の言葉に陛下が慌てたように答えます。

「儂《わし》に側妃はいらん！」

「私も同じ考えです。父上」

「……」

陛下が黙ってしまったのをいいことにルードルフ様は続けました。

「そもそも新聖女の意志も確認していないのに、こちらだけで決めるのもどうかと」

「それはまあ確かにそうだな」

陛下が気弱に同意します。ルードルフ様はさらに畳み掛けました。

「それにもし、これから何人も聖女が現れたらどうするのですか？　そのたび側妃にするわけにはいかないでしょう。大事なのは聖女が現れても帝国がちゃんと保護することではないでしようか」

「まあ、そうだな」

陛下が渋々といった様子で頷きます。

「確かに、これからも聖女が出てくる可能性はあるな。安易に側妃にしてはその場しのぎでしかない」

「ご英断だと思いますわ」

クラウディア様が同意したので、ずっと黙っていたわたくしとギーセン宰相がほっと息を吐きました。さっきまでとてもとても空気が張り詰めていたのです。

「そして、これは関係あるか分からないのですが、この場でもう一つ申し上げたいことがあります」

けれどルードルフ様のその言葉で再び空気が張り詰めました。

「トゥルク王国の池が干上がっているそうです」

陛下が濃い眉をひそめました。

「何？」

「ルストロ宰相が原因を調べている最中ですが、私は今回のことで合点《がてん》がいきました。何者かが聖女を騙ったことに対して天が怒っているのです」

「だが、それならゾマー帝国の池が干上がるべきでは」

「そこまでは分かりません。ですが、偽聖女ならこれは誰かの企み。やすやすとそれに乗るわけにはいけません。諸手《もろて》を挙《あ》げて歓迎するのはひとまず保留にした方がいいかと」

考え込む様子の陛下に、ルードルフ様は笑顔で付け足しました。

「まあ、ほぼ偽物で間違いないと思います」

「会ってもいないのになぜ分かる？」

「エルヴィラ《本物の聖女》がどれほど努力して、どれほど天に愛されているのか近くにいる私が一番よく知っています！　エルヴィラに匹敵する人物が簡単に現れるわけありません」

「えっ……あのルードルフ様」

「謙遜《けんそん》しなくていい！　帝国の聖女として周りに及ぼす影響をエルヴィラは常に考えている。天に祈りを捧げながら。それがどれほど大変なことか。普通の人間ならすぐに驕《おご》り高ぶるだろう。だが君はそうじゃない。ずっと謙虚なんだ。だからこそ天も君を愛しているんだよ。もちろん私も！」

突然手放しで褒められてわたくしはどんな顔をしていいか分からなくなりました。

「のろけかしら？」

クラウディア様が笑いを噛み殺したようにおっしゃいます。

「分かった分かった」

陛下が根負けしたようにおっしゃいました。

「とりあえず新聖女が来たら宮廷で保護しよう。側妃の話はなしだ。これでいいな」

「はい」

「じゃ新聖女様のお世話はこのギーセンが手配します。エルヴィラ様とは距離を取った方がいいと思いますゆえ」

ギーセン宰相の含みのある言い方に、わたくしは頷くしかありませんでした。

◆◇◆◇◆

聖誕祭のその夜も、レオナは屋敷の一室に軟禁されていた。アーベルの隣の部屋だ。

出奔しようとしたあの日におかしな薬を嗅《か》がされて以来、体が思うように動かない。

「気分はどう？　レオナ」

コンスタンツェと数人の使用人が世話を焼いたが、食欲はずっとなかった。

「あら、また食べてないの。あんまりげっそり痩せちゃ困るんだけど」

メイドが手付かずの食器を下げるのを見て、コンスタンツェが文句を言う。

痩せては困る？　まだ側妃にしようとしているのかしら……？　でももうその話はなくなったってエルヴィラ様が……ああ……エルヴィラ様……あんなによくしてもらったのに……何もできない……修道院に行かなくなって皇后陛下にも迷惑を……ダメ……すごく眠い。

「ちょっと！　人が話しかけているんだから起きなさいよ！」

再び意識を失いかけるレオナをコンスタンツェは無理やり起こす。レオナははっとして目を開けた。

「特別よ、何か食べたいものがあれば言いなさい」

まったく優しさを感じない言い方に、レオナはコンスタンツェがまだ自分を利用しようとしているのだと感じる。

悔しい。悔しい。せめて体が動けば。あんな薬さえ嗅がされなければ。

一体なんの薬なんだろう。嗅がされたのは一度だけなのにまだ効果が残っている。毒だろうか。下手したら死ぬところだったのかもしれない。毒……毒……毒に対抗する何か……私でもできること……そうだ、もしかして。

――望みは薄いけれど可能性があるなら何にでも賭ける。

「カ……を」

レオナはゆっくりと口を開いた。

「え？　何？」

かすれた声を精一杯張り上げる。それでも弱々しくしか話せない。

「カルネを……ください……なんでもいいです……皮でも搾《しぼ》り汁でも」

それだけ言うとまたぐったりと目を閉じた。

「カルネ？　こんなときもあれを欲しがるのね」

コンスタンツェは不満そうだったが、結局は了承した。

「まあ、いいわ。あなたが領地から持ち込んだのが山ほどあるし、絞って持ってこさせるわ」

――よかった。

レオナは一筋の希望をそこに託した。


同じ頃。

聖誕祭でもいつもと同じようにそれぞれが静かに研究に耽《ふけ》っているアカデミーの一室で、エメリヒ・ヴェルフがボニハーツ学部長に深々と頭を下げていた。

「ボニハーツ学部長！　この通りです!!　お願いします」

「エメリヒ君!?　どうしたんだ、一体？」

「権威を！」

「ん？」

「私に権威を貸してください！」

エメリヒが研究以外のことで人に頼み事をするのは、これが初めてだった。

◆◇◆◇◆

新聖女様が現れたと聞いた聖誕祭の夜。

さすがに疲れたわたくしとルードルフ様はお茶を飲む間もなく寝台の横になりました。

ですが眠る前にこれだけはと思って、小声でお伝えします。

「ルードルフ様……」

「わたくし、近々ファラート伯爵家にお邪魔しようと思います。新聖女様が到着されるとまた慌ただしくなるかもしれませんから、その前に」

隣で横になっているルードルフ様が心配そうな声を出しました。

「わざわざエルヴィラが行かなくても」

「ですがレオナさんの身に何か起こっているのは確かです。立場を振りかざしたくはありませんが、皇太子妃のわたくしが行くことで分かることもあるかもしれません」

「分かった……それなら」

ルードルフ様は横になったまま、わたくしをそっと抱きしめて言いました。

「私も一緒に行こう」

暗闇の中でわたくしは思わず目を丸くします。

「え!?　ルードルフ様もですか？　お気持ちはありがたいですが……」

皇太子と皇太子妃がいきなり現れるなんて、かなりの大事《おおごと》です。

「言っただろ」

ルードルフ様がわたくしの髪に口づけしながら言います。

「私とエルヴィラの仲を引き裂こうとした奴ら、全員後悔させてやるって。ファラート伯爵だって例外じゃない」

わたくしは苦笑して訂正しました。

「全員とは言っていませんでした」

「ん？　１人逃さずだったかな？」

「それも言ってません」

◆◇◆◇◆

どこからどう広まったのか、翌日には新聖女様が現れたことと、聖女様が本物ならルードルフ様の側妃になる可能性があることが噂になって広まっていました。

朝からローゼマリーが執務室で憤っています。

「どうしてそんなことになるんですか！　おかしいです！」

「そうです。それとこれは別です」

クラッセン伯爵夫人も低い声で言います。

「エルマも納得できません」

「皆ありがとう」

そんな話をしていますと、外にいたクリストフが扉を叩いて入ってきました。手には甘い匂いのする籠を持っています。

「シャルロッテ様から焼き菓子の贈り物です」

籠の中にはシャルロッテ様ご自慢のバターケーキが入っていました。

「嬉しいわ」

そのお心遣いに胸が温かくなりました。ローゼマリーも頷きます。

「美味しそうです」

「さっそくいただきましょう」

「エルマ、お茶の用意をします！」

皆、わたくしを励まそうとしている。それに力づけられます。

さらにその翌日、わたくしが回廊を1人で歩いていますと前からバルフェット侯爵夫人が歩いてくるのが見えました。

「まあ、バルフェット侯爵夫人、こんなところでお会いするのは珍しいですね」

神殿ではよく見かけるのですが、宮廷では初めてでした。バルフェット侯爵夫人は言葉を選ぶように厳しい顔をしていましたが、やがていつものように言いました。

「ご機嫌よう、妃殿下。最近、周りが騒がしいようですね。あなたの仕業なのですか？」

「ふふ」

遠巻きに噂だけする方たちと違い、バルフェット侯爵夫人の率直な言い方が嬉しくてつい笑ってしまいます。

「違いますわ」

わたくしも率直に答えますと、バルフェット侯爵夫人は難しい顔のまま続けました。

「正直申し上げて、私は帝国には恥ずかしがり屋の聖女様だけでいいと思っています。その方が一人一人の心の中に強い信仰が生まれると思って」

「分かります」

「生身の聖女様がいるとどうしても現世利益《げんぜりやく》を求めるでしょう。あなたの存在は人々の信仰を掻き乱すものなのですよ」

「それも分かりますが、乙女の百合は私が咲かせたのではなく、天が咲かせたのです。その事実は覆せない。私自身がどうすることもできないことなのです」

「でしたら」

バルフェット侯爵夫人はさらにツンとしながら言いました。

「皇太子妃としてのあなたもあなたでしょう。胸を張りなさい」

「張っていませんか？」

わたくしは思わず自分の体を見下ろします。バルフェット侯爵夫人は、さらに苦々しい口調で言いました。

「姿勢のことではなく、誰にも負けないと思えば負けません。たとえ新しい聖女様が現れても」

「はい……？」

「失礼します」

突然立ち去ったバルフェット侯爵夫人の後ろ姿を見送りながら、今のはもしかして、励ましてくれたのだろうかと思いました。

率直にものをおっしゃるわりに、素直なのか素直でないか分からない方です。
温かいものを感じながら、わたくしも歩き出しました。

6章　あなたは永遠に完璧な存在

小さい頃から病弱だったアーベルにとって、寝台の上だけが世界のすべてだった。

だから、その世界が広いか狭いか考えたことがなかった。

――あなたは何もしなくていいのよ。そこにいるだけでいい。

そんなコンスタンツェの言うことを毎日ちゃんと聞いていたのに、熱にうなされる日々が続いた子ども時代だった。帝都の空気が悪いのかもしれないと領地で暮らしたこともある。

だが結果は変わらず、アーベルはやっぱり寝台の上で横になっているだけだった。

ただ、帝都と違い、領地の屋敷の窓からカルネの林がたくさん見られたことはちょっとよかった。調子のいいときはよろよろと窓の近くに立ってカルネの葉や実を眺める。花は緑で小さく、葉に紛れて目立たないのだがそれが逆に可愛らしく思えた。

それがアーベルの唯一の楽しみだった。

それすら、毎日は叶わぬ自分の体が恨めしかった。

それを易々《やすやす》とこなすのが妹のレオナだった。

――レオナ？

ある日、熱にうなされたアーベルは、カルネの木伝いに窓からレオナが入ってくるところに遭遇した。あんまり軽やかに木を渡ってきたので夢かと思った。

——お兄様、これ、お見舞いに。

レオナはカルネを1つ枕元に置いてまたすぐに出ていった。

黄色いその実は枕元でいい香りを放ち、アーベルが熱に浮かされている間中ずっとその存在を主張していた。

——なんて爽やかないい匂いなんだろう。

手にしたことがないから知らなかった。いつも見ているだけだから。

アーベルは苦しい息の下でまだ見ぬカルネの林の向こうを想像した。こんなものが外にはたくさんある。もっともっと知りたい。

だが、アーベルの想像は窓枠の範囲内でいつも止まる。見えない範囲のことは想像すらできない。知らないから。見たことがないから。

妹はいとも簡単に向こうからこちらにやってくるのに。

なんて、なんて、なんて。

——憎らしいんだ。

ようやく熱が下がったアーベルが最初にしたことは、レオナが置いていったカルネを踏みつけることだった。放置されていたそれは半分腐りかけていて、ぶしゅ、と無様な音を立てて簡単につぶれた。

その後すぐにアーベルはコンスタンツェに手紙を書いた。領地にいては余計に具合が悪くなるから帝都に戻りたいという内容だ。

医者は諦めるのはまだ早いと引き止めたが、コンスタンツェはアーベルの言う通りにした。アーベルはそこから一度も領地に戻らず、体調も良くなることはなかった。

馬鹿なことをしているな、とはうっすら分かっていた。

レオナが悪いわけではないことも。

だけどもうすべてがどうでもよかった。

病は病を呼び、気弱は気弱を呼ぶ。

寝てばかりいるアーベルは気付けば無気力な人形のようになっていた。時に無理して夜会に連れ出されることもあったが、すぐ疲れる上にその後高熱が続くため、いつしかコンスタンツェもアーベルを外に連れ出すのは諦めた。

――大丈夫よ、家門はレオナになんとかしてもらいましょう。

コンスタンツェは慰めるようにアーベルにそう言い、アーベルは深く考えずそれがいいと頷いた。レオナがくれたカルネを踏みつけたこととすぐに帝都に戻ったことを除けば、アーベルが自分で決めて動いたことは何もなかった。

そんなアーベルにわざわざ会いにきたのがあの男だった。

心配するコンスタンツェを追い出し、アーベルの病室2人きりになった男は、信じられないことを言った。

「元気になる薬があります」

男はアーベルの目の前に小さな瓶を置いた。中に入っているのは薔薇《ばら》色の液体だ。

「綺麗でしょう？　これを毎日1滴ずつ飲むんです。量は気をつけなくてはいけません。多すぎると毒になる。匙加減が難しいのですが、1滴ずつ飲めばすぐに動けるようになりますよ」

言われた通りにすると1日で本当に元気になった。アーベルは驚いた。3日後に再び見舞いにきた男にアーベルはどう感謝していいのか分からないと言った。

「お礼には及びません」

男は笑って言った。

「だって、それ、飲み続けなくては意味がないんですから」

「え？」

初めて聞く事実にアーベルは驚いた。男は悪びれず言う。

「でも、少しの間でも元気さを味わえてよかったでしょう？　それに、飲まなかったら元に戻るだけですよ。悪くはならない」

元に戻る。

それがアーベルにとってどれほど辛いことか。男はおそらく分かっているのだ。

「これをずっと手に入れるにはどうすればいいんですか」

アーベルは端的に聞いた。男は満足そうに言った。

「そうですね……妹さんを差し出してくれますか？」

「レオナを？」

「あの両親じゃちょっと心配でね。あなたが協力してくれるなら一生、この薬をお贈りし続けますよ」

引き換えに一生言うことを聞かされるんだろうなと思ったが、アーベルは承知した。

妹にこの男が何をするのか。両親は何に巻き込まれているのか。そんなことなどどうでもいいくらい魅力的な提案だったからだ。

カルネを踏みつぶして以来、アーベルが自分で決断した3つ目の出来事だった。

◆◇◆◇◆

「ねえ、このドレスどう？　似合っている？」

そして聖誕祭から数日後。

真っ白なドレスを着たコンスタンツェが、アーベルの部屋に入ってきた。アーベルは面倒くさそうに頷いた。

「ああ、それが例の」

「そう。髪の色が違うから鬘《かつら》をかぶらなきゃいけないけど、遠目からなら妃殿下に見えるでしょう」

コンスタンツェが身に付けているのは聖誕祭でエルヴィラが着たのと同じデザインのドレスだった。明らかにはしゃいだ声でコンスタンツェは言う。

「バスティアンはやっぱりいい腕よね。どう？　見間違える？」

「分かったから大きな声ださないでくれ、レオナに聞こえるだろ」

「大丈夫、ぐっすり寝ていたわ。それより、これどう？　妃殿下みたい？」

「さあ。ずっと臥せっていた僕は、絵姿以外の妃殿下を知らないから」

「本当、元気になってよかったわ！」

能天気に笑うコンスタンツェにアーベルも相槌を打つ。

「本当に。あの人のおかげだよ。こんな壮大な計画、あの人の資金がなきゃできないものね。

でもいいの？　下手したらレオナの命が危ないけど」

「仕方ないわ。それがあの人の条件だったもの」

あっさりとレオナを切り捨てるコンスタンツェに、アーベルは笑みを浮かべた。残酷なほど自由に窓枠の向こうで生きていた妹は、今や以前のアーベルのように寝たきりだ。

「それよりも、ちゃんと計画を遂行できるかが問題よ。失敗したら大変」

言葉のわりに軽い調子でコンスタンツェが言った。アーベルも頷いて復唱する。

「もうじき、新聖女様が帝都に来る。新聖女様は皇太子殿下の側妃になるだろうから、愛人関係だったのに側妃になれなかったレオナへの同情はさらに集まる」

今までの馬鹿馬鹿しい下準備を思い出しながら、アーベルは続ける。

「傷心のレオナが、一人で街を歩いていると、聖誕祭のエルヴィラ様と同じ格好をした女性に切りつけられる」

その役目を変装したコンスタンツェがするのだ。わざわざ同じ仕立て屋に同じドレスを用意させたのはそのためだ。

予定時刻は明け方。

薄《うす》ぼんやりとして目撃者はそこそこいるけど、逃げやすい。

「レオナは大怪我をしてうちに運ばれてくる。意識があってレオナ自身がエルヴィラ様に切られたくらい言ってくれたらいいけど庇うかもしれないな。それはまあいいか。目撃者を作っておけば」

あの男の本当の目的は、聖女様なんだろうとアーベルは思う。

聖女様を手に入れるためにこんなまどろっこしいことをしている。金と時間と手間を馬鹿馬鹿しいほどかけて。普通の神経じゃない。

だがその甲斐《かい》あって、確実だ。

新聖女様ももちろんあの男の手の者だ。聖女様と対面した瞬間倒れるように指示されている。嫉妬に駆られたエルヴィラ様は、皇太子殿下の愛人を傷付け、新聖女様も傷付ける。皇太子殿下も皇帝ご夫妻も、聖女様を慕っていた者たちは皆離れていくだろう。

この長い長い、筋書きの結末はそれだった。

――聖女様を孤立させ、そこにつけこんだあの男が自分のものにする。

おぞましい。

だけど、手を貸している自分たちも十分おぞましい。

コンスタンツェは分かっているのかいないのか、相変わらず能天気な笑い声を上げる。

「これでカルネをずっと高値で売ってくれるって言うんだから、いいんじゃない？　家門の安《あん》泰《たい》のためならレオナも納得してくれるわよ。他の果物の流通も止めてくれるって」

頭が悪すぎる。

こんなことに手を貸さず、地道に努力する方がよほど家門は安泰だったろう。

だけどコンスタンツェのことをアーベルは笑えない。あの薬を手に入れるために、見えているものを見えていないふりをして、危なっかしくても今のまま進むしかないのだ。

元には戻りたくないから。

「じゃあ、私着替えてくるわね。明日はくれぐれも頼むわよ」

「ああ」

コンスタンツェが自分の部屋に戻るのを見送ったアーベルは、今日の分の薬を口にしようと引き出しの鍵を開ける。

と、引き出しの中に一緒に入っていた手鏡が自分を写す。鏡の向こうのアーベルがこちらのアーベルに語りかけた。

――いいのか？　明日でレオナは死んでしまうのかもしれないぞ？

構うものか。

――そんなに元の場所は嫌な場所だったのか？

ああ、そうだ。

――だったらなぜ真っ当に努力しなかった？

そんなものは努力できる者の傲慢《ごうまん》だ。這いつくばったように、小さい空を見続ける地獄を味わっていないやつの言い分だ。

――なあ、お前。気付いていないのか？

何をだよ？

――お前が誰のことを一番憎んでいるかをだよ。

そんなの知ってるさ！

アーベルは自分の中の自分に叫びたい気持ちで目を閉じる。

僕が一番嫌いなのは僕さ‼

僕を苦しめるためになら僕はなんだってする。

妹だって母親だって父親だって家門だって、全部僕と一緒に共倒れすればいい！

僕なんていなくなればいいいんだ！

あの男は背中を押してくれただけだ。

バン！

手鏡を見ないようにアーベルは勢いをつけて引き出しを閉めた。

「ふう……」

アーベルが呼吸を整えて今日の分の薬を口にしたそのとき。

「失礼します！　お邪魔します！　レオナさんにお会いしたいのですが！」

ボニハーツ学部長を伴って、エメリヒがファラート邸を訪れた。

◆◇◆◇◆

「ガストーン・ボニハーツと申します。アカデミーの植物学の学部長をしています」

「エメリヒ・ヴェルフです。同じくアカデミーで植物学の研究をしています」

突然の訪問者にアーベルは困惑した。

しかしアカデミーのボニハーツ学部長といえば爵位は子爵ながら、人脈の広さでそれこそ皇室から公爵家まで繋がっているという重要人物だということは、アーベルですら知っている。無下《むげ》にはできない。

一緒に来たエメリヒという男はいまいちパッとしないが、一応上等な上着を着ている。背筋を伸ばして鼻息荒く、眼鏡を光らせてあちこちに視線を向けどうも落ち着きがない。

ひとまず、アーベルは2人をサロンに通した。

「アーベル・ファラートです。当主である父が臥せっているもので私が代わりにご用件を承ります」

向かい合ってソファに腰掛けてからアーベルが自己紹介すると、エメリヒという男は驚いたように目を丸くした。

なんだ？　今の応答に何か不審なことでもあったか？　やはり慣れないことはすべきでない。

アーベルは疲れを感じた。こんな場はコンスタンツェこそ得意なのに、なかなか着替えが終わらない。

「何か、私の顔についていますか？」

仕方なくアーベルは爽やかさを装った。あの男の真似だ。

「いいえ、あの、失礼ですが」

エメリヒが首を傾げる。

「アーベルさんといえばずっと病気で起き上がれないとお聞きしたんですが、いつお元気になったのですか？」

いきなり核心を突かれてアーベルは動揺した。

「これ、エメリヒ君。不躾ですよ」

ボニハーツ学部長が嗜《たしな》める。

「失礼しました」

謝罪しながらもエメリヒは鋭い瞳でアーベルを睨んで言った。

「レオナさんからいつも聞いていたんです。病弱なお兄様のことを。研究者としてもとても興味があります。寝台から起き上がれないくらいお辛い病状だったのに、どうしてそこまで回復されたんですか？」

ボニハーツ学部長が隣で感心したように頷いた。

「なんと、それほどだったとは！　私もぜひ知りたく存じます。ファラート当主代理。同じような病気の人の希望になるでしょう」

希望？　希望なんてそんなもの。

――一番僕に似つかわしくない言葉だ。

アーベルは苛々したように話を打ち切る。

「まあ、その話は追々。それよりもレオナに会いたいとのことですが、先にご用件をお聞かせ願えますか？」

話だけ聞いてとっとと追い返してしまうつもりだった。ボニハーツ学部長がエメリヒに視線を送る。

「ああ、そうですな。まずはこちらの用件を言わねば。エメリヒ君」

「はい！　お兄様、突然このようなことを言って驚くと思いますが」

エメリヒは立ち上がって、直角になるほど頭を下げてから言った。

「レオナさんと私の結婚をどうぞお許しください」

「結婚!?」

唐突すぎるその言葉にアーベルはオウム返しに叫んだ。レオナにそんな相手がいたなんて、アーベルはまったく知らなかった。エメリヒはやけに力強く続ける。

「必ず幸せにします」

「……いや、そう言われても」

「突然のことで驚くのも無理はありません」

ボニハーツ学部長が遠慮がちに口を挟んだ。

「ですがこちらのエメリヒ君は身分こそ庶民ながら、非常に優秀な研究者です」

「どんなに優秀でもお断りします」

なんとか冷静さを取り戻したアーベルは問答無用でそう答える。結婚なんて今のレオナにできるわけがない。聞く耳なんて持たなくていい。

「我がファラート伯爵家はカルネに選ばれし家門ですよ。結婚相手は父か私が決めます。そもそも庶民と結婚させるわけがない」

「お気持ちはもっともです。ですがエメリヒ君は今までいろんな貴族から援助の話があっても、最小限の援助以外は断ってきた、筋の通った庶民でして」

「ようするに庶民じゃないですか。お帰りください」

「レオナさんと結婚するためにこの度、志を曲げてさる公爵家の養子になることになりました」

「公爵家!?」

さすがにちょっと驚いた。ボニハーツ学部長は穏やかに続ける。

「本来ならその養父と一緒に来るべきだったでしょうが、まずは研究の場で父親代わりの私が同席したというわけです。ファラート伯爵家にとっても悪い話ではないと思うのです」

公爵家と一緒に出直されても困ると思ったアーベルは、ここでなんとか諦めさせようと切り札を出した。

「しかし……何かの間違いじゃないでしょうか。レオナがエメリヒさんと結婚の約束をしていたとは思えないのですが」

「というと？」

「レオナはここだけの話ですが皇太子殿下とずっと愛人関係でして」

「それは嘘ですね」

最後まで話す前に、エメリヒは否定した。

「レオナさんが皇太子殿下に興味がなかったのは、私が一番よく知っています」

なぜそんなに言い切れるのかとアーベルは苛立ちを感じた。

そういえば学者とか研究者は社交に疎いとコンスタンツェが以前言っていたことを思い出し、なんとか落ち着きを取り戻そうとする。噂を聞いていないだけかもしれない。アーベルは言葉を重ねる。

「いや、それは表向きそう言っていただけで、恥ずかしながら本当に愛人だったんですよ。エメリヒさんのためにも結婚はできません」

これでこの話は終わりだとアーベルは思った。普通なら愛人だった女と結婚したいわけがない。下手をすれば皇太子も敵に回す。だが、エメリヒはしつこかった。

「証拠ありますか？」

「証拠？」

「はい。レオナさんと皇太子殿下が長い間愛人関係だったという」

「そんなものない！　あっても出すわけないじゃないですか！」

「証明できなければ事実とは言えません。仮説としても弱い。レオナさんと結婚させてください」

うるさいうるさいうるさいうるさい。

アーベルはもはや苛立ちを隠せなくなり、立ち上がって叫んだ。

「とにかく！　うちのレオナは皇太子の愛人なんです！　結婚なんてできません！　帰ってく

ださい！」

と、そのとき廊下から騒がしい声が聞こえた。使用人たちが話しながらこちらに向かってくるようだ。

「……困ります」

「お戻りください」

「そちらは……」

なんだ、うるさいぞ、お前たちまで僕を邪魔するのかとアーベルが使用人たちにまで苛立ちを感じていると。

バタン！

向こう側の開いた扉から、予想もしない人物が入ってきた。

「証拠はないが、証言ならできるぞ」

落ち着いた低い声に、誰よりも上質な上着。アーベルでさえ、知っているその顔。でもまさか。あんな人がなぜここに？

アーベルの混乱をよそにルードルフは続ける。

「レオナ嬢は私の愛人なんかじゃない。私ことルードルフ・リュデガー・エーベルバインが証言しよう」

「皇太子殿下!?」

「なぜここに？」

エメリヒとボニハーツ学部長が揃って目を丸くしていることから、示し合わせてきたのではないのだとアーベルは思った。

ふと見れば美しい女性が皇太子に寄り添うように立っている。プラチナブロンドの髪にあの佇まい。絵姿以上の存在感。

嘘だろ？　2人そろって？　アーベルが確信を持つ前にエメリヒが叫んだ。

「エルヴィラ様!?　どうしてここに？」

知り合いなのかよ？　アーベルが驚く間もなくエルヴィラが答える。

「こちらに伺いましたら、エメリヒさんたちが先に来ていたというので通していただきました」

扉の向こうでは使用人がおろおろしている。おそらくルードルフたちが強引にここまできたのだ。

「座っても？」

ルードルフに聞かれ、アーベルははっとして頷いた。

「こ、これは失礼しました！　どうぞお席に……今お茶を」

「お茶は結構。ああ、皆も座れ」

ルードルフの言葉で皆座り直した。誰が主人か分からないとアーベルは思うが、今この場を支配しているのは間違いなくルードルフだった。

次に落ち着きを取り戻したのは、ボニハーツ学部長だ。速やかに話を元に戻す。

「……アーベル当主代理、どうでしょう、うちのエメリヒ君もなかなか頑固なので一度ここにレオナさんを呼んでいただけないでしょうか？　皇太子殿下がおっしゃるように愛人云々というのは誤解のようですし、あとはエメリヒさんとの結婚をレオナさんがどう思っているかです」

エメリヒもここぞとばかりに同意する。

「そうですよ、それがいい！　レオナさんの気持ちを聞かせてください」

アーベルはぐったりしながら答えた。どうすればこいつらを、全員帰らせることができるか分からない。

「とにかく……無理です。レオナには会わせられない」

「なぜ」

「レオナは今病気ですから」

「病気!?　だったらなおさら会わせてください！」

「無理です！　帰ってください！」

コンスタンツェは何をしているんだとアーベルは思った。いつまで着替えているんだ。

いい加減代わってくれ。アーベルがそんな思いで再び扉に目を向けると。

「きゃあ！　レオナったらそこで何をしているの！」

外の廊下から、まさにそのコンスタンツェの声がした。アーベルは慌てて扉に近づく。すると。

「うわあ！」

這うようにしてそこまで移動してきたのか、サロンのすぐ外の廊下に横たわった状態のレオナがいた。髪は乱れて、痩せこけている、いつものレオナだ。

「レオナさん！」

エメリヒとルードルフが、迷わずレオナに駆け寄る。

「やめてください！　離れて！」

余計なことを言われては困る。今のレオナはろくにしゃべれないが、油断できない。いつの間にかここまでくる体力を残していたくらいだ。エメリヒがレオナに縋《すが》り付くのを、皇太子たちがさらに覆いかぶさる。

「誰か！　レオナをすぐに寝台に戻してくれ」

「はい！」

大柄な男の使用人が飛んできて、問答無用でレオナを横抱きにして部屋まで連れていった。

「ご病気というのは本当だったんですね」

その様子を見ながらボニハーツ学部長がぽつりと言った。アーベルとコンスタンツェはここぞとばかりに頷く。

「そうなんです！」

「せっかく来ていただいたけどこれでは話になりませんわ……え!?　皇太子殿下に妃殿下？」

コンスタンツェが今さらながら2人に気付く。ルードルフがにこやかにコンスタンツェに向かって言った。

「お久しぶりです。ファラート伯爵夫人。ファラート伯爵が病でずっと休んでいると聞いたので妻と一緒にお見舞いに駆けつけました」

「そ、それは恐れ入ります」

「伯爵はどちらに？」

「いえ、あの、せっかく来ていただいたのに恐縮ですが、とても人に会える状態ではありませんの」

「ああ、それは残念ですね。では私は帰ります。妻と一緒に」

ルードルフがことさら「妻」という単語を強調する。エルヴィラは鷹揚に微笑んでコンスタンツェに挨拶した。

「ごきげんよう、ファラート伯爵夫人」

「は、はい、どうも」

完全に気後れしたコンスタンツェはそれ以上何も言えず突っ立っている。ボニハーツ学部長がエメリヒに声をかけた。

「エメリヒ君、どうだね、また機会をあらためたら」

「そうですね……」

名残惜しそうなエメリヒが頷きかけた瞬間、別の知らせがファラート家に飛び込んだ。

「旦那様はご在宅ですか⁉」

領地を守っているはずのオリヴァの声がサロンまで響いたのだ。なんなんだ今日は、とアーベルは思わず天井を仰ぎたくなった。

「オリヴァ？　どうしたのかしら。ちょっと失礼します」

コンスタンツェが不思議そうに出ていった。残されたアーベルは仕方なく全員まとめて追い出そうとした。

「それでは失礼ながら今日はここまでということで――」

「大変よ！　アーベル！」

コンスタンツェがわざわざ戻ってきて叫んだ。

「カルネが！」

その顔は今まで見たことがないほど動揺していた。

「領地のカルネが全部枯れたんですって！　1本も残らずよ？　どうしよう！　明日からどうしたらいいの！」

これにはエメリヒもボニハーツ学部長も顔を見合わせた。

「カルネって……あのカルネですか？　まさか」

コンスタンツェが金切り声で叫ぶ。

「あれしかないじゃない！　うちにはあれしかないのに！」

ボニハーツ学部長が不思議そうに呟く。

「全部ってそんなこと。何か病気か？」

「調べさせてください！」

エメリヒが力強く言った。

「植物なら僕の専門です！　ここに居合わせたことこそ、カルネのお導きかもしれません！」

「それがいい。帝国広しと言えども、エメリヒ君以上の適任はいませんよ」

「そうね、そうしましょう、アーベル」

コンスタンツェはおろおろしてアーベルに言った。

「……嫌だ」

ずっと黙っていたアーベルは小さい声で言った。

「え？　アーベル、今なんて？」

「嫌だって言った」

「まさか、あなた私に逆らったの？」

コンスタンツェが心から驚いた声を出した。アーベルはそれすら耳に入っていない様子で続ける。

「カルネは僕のものだ……たとえ枯れても他のやつには触らせない」

コンスタンツェはアーベルの腕に手をかけて揺らした。

「でも、調べてもらった方がいいじゃないの」

アーベルはそれを強く振り払う。

「それでも嫌だ！　絶対に誰も領地に入れない！　今から僕が領地に行く！」

そして玄関に向かって歩き出した。その背中をコンスタンツェの声が追う。

「アーベル！　明日の計画はどうなるの！」

「明日の計画？」

ルードルフの眉がぴくっと動いた。だがアーベルもコンスタンツェももはや周りのことなど気にしていない。遠くからアーベルの返事が聞こえる。

「知らないよ！　自分でなんとかすれば？」

それは、アーベルの人生で4回目の決断だった。

◆◇◆◇◆

その後、ファラート邸を出たわたくしたちは、アカデミーに戻らなければいけないボニハーツ学部長と別れ、エメリヒさんだけを離宮のサロンに招待しました。

「本当にカルネは枯れたんでしょうか」

エメリヒさんからファラート邸での一部始終を聞き、思わず先ほどの出来事を思い返します。

「オリヴァという男が嘘をついているように見えませんでした」

今日初めてルードルフ様と顔を合わしたエメリヒさんは最初こそ固まっていましたが、わたくしともそうであったようにすぐに慣れてしゃべるようになりました。

「ある程度の規模で枯れたのは間違いないでしょう。ただ、一気に全部というのは通常あり得ないので、なんらかの病気か人為的なものか調べたかったのですが……」

ルードルフ様が口を挟みます。

「全部というからには全部なんだろう」

エメリヒさんが眼鏡を光らせ、ルードルフ様に問いかけます。

「何かお心当たりでも？」

「私にはそれが、天の怒りか恥ずかしがり屋の聖女様の怒りに思えるよ」

「まさか」

エメリヒさんは驚いたように呟きましたが、わたくしは頷きました。

「だとしたら、レオナさんを酷い目に遭わせているカルネの怒りを、恥ずかしがり屋の聖女様が聞いてくださったように思います」

エメリヒさんは、目に涙を溜めました。眼鏡を外して、ぐいっと袖で拭きます。

「そうかもしれません……こんな手紙を一生懸命渡してくれるくらいですから」

その手には、殴り書きのようなレオナさんからのメモがありました。

「とっさにそれを渡せるレオナさん、さすがですわ」

エメリヒさんと学部長が自分を救うために屋敷を訪れたことを察したレオナさんは、不自由な体に鞭打ってこのメモを書いて、サロンの外の廊下に這うようにしてまで進み、エメリヒさんに渡しました。エメリヒさんはコンスタンツェ夫人たちに分からないようにそれを受け取ったのです。

わたくしは声を出して、もう一度そのメモを読み返します。

「明日、早朝、身代わり、私、母、エルヴィラ様、新聖女、罠」

エメリヒさんが鼻声で言いました。

「必死で書いたと思うんです。多分、病気なのは本当で、でもなんとか逃げようと情報を集めていたんじゃないでしょうか。彼女らしい」

「そしてそれをなんとかエメリヒさんに渡した。重要なメモですわ」

わたくしが言うと、ルードルフ様も頷きます。

「エルヴィラの名前が出ているからにはこの情報は見過ごせない。先ほど指示を出した。今頃ファラート邸の周りには、見張りがたくさん配置されているはずだ。明日の早朝何をしようが、こっちの手の内だ。そもそもコンスタンツェ夫人が何か企てていることは把握していた」

「そうなんですか!?」

エメリヒさんが目を丸くすると、ルードルフ様はちょっとだけ表情を和らげました。

「私の優秀な右腕に感謝だよ」

――できるだけいろんなところに目を光らせて、何か変わったことがあれば報告するようにしてほしい。

ルードルフ様のその命令を遵守《じゅんしゅ》したフリッツ様は、バスティアンの店に目をつけました。

レオナさんがドレスを大量に買っていたことから、黒幕と何か繋がりがあると推測したのです。調べを進めると、案の定、バスティアンはコンスタンツェ夫人に内密で注文を受けていたことが分かりました。

「エルヴィラが聖誕祭に着ていたのと同じドレスを作らせるとはな……さすがのバスティアンも断りたかったが、病気の娘のために金が必要で断れなかったらしい。フリッツが問い詰めたらすぐに白状したそうだ」

「じゃあ、夫人はエルヴィラ様になりすますつもりだったんですね」

「おこがましいにもほどがあるがな」

「あの、病気の娘さんはどうなりましたの？」

「フリッツが別の医者を紹介するらしい。大丈夫だ」

「よかったですわ」

「気になるのは、新聖女が罠ということだ。まあ、その通りすぎて驚かないが、エルヴィラを巻き込もうとするなんて許せないな」

「ひい」

ルードルフ様のお顔を見たエメリヒさんが小さく叫び声を上げました。

「ルードルフ様、お顔が怖いですわ」

「おお、これは失礼。顔に出たか」

「ですがわたくし、新聖女様も偽物だとしたらバスティアン同様、きっと脅されていると思うのです。寛大《かんだい》に計らっていただきたいのですが」

「そうか？」

「ええ。だって遅くても春になって『乙女の百合』を咲かせたら、すぐに分かることなのですよ。わざわざ偽者になる利がありません。よほどの理由があるんです」

ですが、とわたくしは眉を寄せました。

「これだけの人の気持ちを踏《ふ》み躙《にじ》る大元《おおもと》の方はなんとしてでも捕まえたいです」

ルードルフ様もエメリヒさんも頷きます。

「もちろんだ」

「逃げ切ることはさせません！」

「許せません……」

わたくしはシャルロッテ様からいただいた手紙の返事を思い出してそう呟きます。

◆◇◆◇◆

そうして翌朝になりました。

「きゃあ！　何するの！」

「エルヴィラ様を騙る者をただいま捕らえました！」

「こちらは病人と見られる女性を保護しました！」

聖誕祭でのわたくしの格好をしたコンスタンツェ夫人と、危うく怪我をさせられそうだったレオナさんを呆気ないほど無事に確保しました。現場にいたエメリヒさんはすぐにレオナさんに駆け寄ったそうです。

「レオナさん！」

「エメ……リヒさん」

衰弱《すいじゃく》しきっていたレオナさんは、しばらく宮廷医の元で療養することになりました。

「皇太子妃を騙るファラート伯爵家を徹底的に捜索せよ！」

ルードルフ様は間髪入れずそう命じ、ファラート伯爵家の主寝室で意識を失っているファラート伯爵が見つかったそうです。

こちらは症状が重く、もう意識は戻らないかもしれないとのことでした。

そのようなことを慌ただしい合間を縫って、ルードルフ様がわたくしの執務室までわざわざ報告にきてくださいました。

「領地のアーベルもじきに捕まる」

そちらにも追手を向かわせているそうです。

「ファラート家はどうなるのですか？」

「よくて取り潰しだろう。レオナ嬢だけはなんとか救ってみるが」

「そうですか」

わたくしが深刻なため息をついていると、騒がしい足音が廊下でします。

「エルヴィラ様、ルードルフ様、使者が見えています」

クラッセン伯爵夫人が取り次ぎ、わたくしたちは急いで報告を聞きます。使者はやはり荒い息で言いました。

「申し上げます！　新聖女様が帝都に到着しました！」

◆◇◆◇◆

ちらりとだけ拝見した新聖女様は、ほっそりした、まだ少女のようなお方でした。わたくしとルードルフ様は立ち会いを遠慮させていただき、新聖女様は謁見室で皇帝陛下とクラウディア様とまずお会いします。

「お名前はなんと？」

クラウディア様の声がしました。

「デリア・カーラーと申します」

両陛下の許可を得て、わたくしとルードルフ様は、隠し扉の向こうにいる新聖女様の声だけを聞けることになっています。

「レオナさんのおかげで罠に嵌まらなくて済みましたね」

わたくしが小声で言うと、ルードルフ様も頷きました。

「この場にエルヴィラがいたら、新聖女の倒れる理由がエルヴィラのせいになっていたんだろう？　許せないな」

今朝保護されたレオナさんが、寝たふりをして聞いていたコンスタンツェ夫人とアーベルさんの会話の内容を教えてくださったのです。

「痩せているわね」

クラウディア様の声がまた聞こえました。そしてデリアさんのか細い声も。

「すみません……」

「謝ることはないわ。まずはゆっくりしてと言いたいところなんだけど、聞かせてちょうだい。誰があなたを騙したの？」

「え……」

「本当に聖女かどうかは『乙女の百合』を育てたらすぐに分かる。でも、今言えば罪も軽くなるわ。言いなさい。誰に脅されているの？」

わっと泣く気配がしました。

「わ、私、本当はトゥルク王国の出身なんです。でも、ある日来た商人の男に父も母も私も……騙されて……本当は逃げたかったけど……私が逃げたら……父さんと母さんに迷惑……だから」

トゥルク王国。その言葉にわたくしとルードルフ様は顔を見合わせました。

「池が干上がったのはもしかして、このことを指していたのでしょうか」

「そうかもしれない」

「……なんていう罰当たりな」

わたくしは思わず呟きました。そしてルードルフ様に告げます。

「これだけ聞けば十分です。ルードルフ様、わたくし、これから最後の仕上げに参りますわ」

わたくしの手を握ってルードルフ様が囁きます。

「1人で大丈夫か？」

わたくしはその手を握り返して微笑みました。

「ルードルフ様が常に傍にいてくださるようなものですもの。大丈夫です」

◆◇◆◇◆

「『嘆きの間』を使いたいのですが、よろしいですか？」

神殿の入り口でわたくしはそう申し出ました。

「どうぞ」

エリック様にお話は通してありましたので、新米の神官の方が案内をしてくださいます。この『嘆きの間』は、いわば皇室専門の懺悔室《ざんげしつ》で、あまりにも心乱れたりしたときは皇族関係者ならここを貸し切り、1人で祈ることができます。また、皇族関係者が罪を犯したときも使われることがあり、気持ちが落ち着くまで1人で過ごさせることがあるそうです。

「どうぞ」

「ありがとうございます」

わたくしが一歩中に入ると、すぐにバタン、と扉が閉められました。さらに、がちゃんと外から鍵がかけられる音も。

ですがそれは30分だけ。30分すればすぐに開けてもらえる決まりになっているのです。

「エルマの外套は本当に優秀ね……」

白い息を吐きながら、辺りを見回します。天井近くに大きな窓がたくさんあって明るいのですか、背が届かないのでそこからは出られません

独り言を言いながら、わたくしは部屋の中央の床に直に座ります。

――最初から目的はこの部屋だったんですね。

大きなため息を一つ吐いて、そう思いました。

目的が分からないことで随分翻弄《ほんろう》されましたが、わたくしをこの部屋に誘《おび》き寄せるためだとしたら納得です。随分と大掛かりなことをされたと思いますが。

わたくしとルードルフ様が不仲であるように見せかけて、レオナさんと新聖女様を、わたくしが傷付ける理由があるように演出する。

冤罪《えんざい》でも罪を犯したことにされたわたくしはまず、この部屋に通されるでしょう。あるいはわたくしの方から申し出るかもしれません。１人でとことん祈りたいと。今のように。

シャルロッテ様の言葉を思い出します。

――最近どこかの商会が大量に本を購入したと聞いて羨ましくて羨ましくて歯噛みしていたところだったんですの。

わたくしの予想通りなら、大量に本を買った人物ともうすぐ現れる人物は同じはずです。そしてその者こそ。すべての出来事の糸を引いていた人物。

そんなことを考えていると、部屋の隅の壁がガタリと音を立て動きました。わたくしは座ったままそちらに目を向けます。

「やっぱり。全部、あなたの仕業だったんですね」

隠し扉から現れたのは、ギルベルト・ショール。ショール商会長とわたくしが呼んでいた方でした。

「さすがエルヴィラ様です。お気付きでしたか？」

「この部屋のことまでは分かりませんでした。最後の最後で友人に助けられましたわ。どこかの商会が大量に神殿の歴史と建築についての本を買い漁ったことを思い出してくださいましたの。念のため、お聞きしますが、どうしてこんなことを？」

わたくしはギルベルトから距離を取って尋ねます。

「分かりきったことじゃありませんか。あなたを本当の聖女にするためですよ。ああ、エルヴィラ様、分かってください。あなたを完璧な聖女にするために、私がどれほど苦労してきたか」

「そのためにファラート家を犠牲にしたんですか？　あなたが唆《そそのか》さなければレオナさんの温室も燃やされなかったのに」

「コンスタンツェ夫人も納得済みでしたよ？　私もそれなりの額を使ってきましたし、お互い様です」

まったくお互い様に思えないわたくしは小さく息を吐きました。

「あの日、レオナさんがわたくしと話していたとき、商用で遠くへ行くと言っていたのはトゥルク王国でデリアさんを見つけるためだったんですね」

「おや」

ギルベルトは意外そうに眉を上げました。

「もうそこまでバレているんですか。さすがですね。そうです。でもタダで連れてきたわけではありませんよ。あの娘の家族には十分すぎる対価を渡しました」

「アーベルさんたちには」

「あっちの方が簡単でしたね。面白いくらい意のままに動いてくれた。まあ、最後ちょっとしくじったけど、結果、ここにエルヴィラ様がいらっしゃるからいいとしましょう……ご存じですかエルヴィラ様、ここの隠し通路を通ると秘密の地下室に辿り着きます。そこを拠点に、あなたと私の素敵な隠れ家を用意しています。ああ、ついに、あなたを私だけの聖女にできる」

わたくしは嫌悪感を抱《いだ》きながら答えました。

「嫌だと言ったら？」

ギルベルトは笑います。

「逃げられませんよ。30分たっても鍵は開かないようになっています」

「また買収したのですか？」

「脅しただけです」

「どうして真っ当なことにご自分の力を使わないんですか？」

ギルベルトはきょとんとしたように首を傾げました。

「真っ当じゃないですか」

本気だと思いました。ギルベルトは自分がしたことを正しいと思っている。それを裏付けるようににやりと笑いました。

「あなたはご自分の価値を分かっていない。あなたは永遠に完璧な存在になるべきなんです。そしてその功績によって私が天に愛される。天が私を罰していないのは、天が私の行動を認めているからでしょう。さあ、行きましょう。ここは寒すぎる。風邪を引いてしまいます」

ギルベルトが一歩近づき、わたくしの手を取ろうとしました。

「近寄らないでください！」

わたくしは怒りを露《あら》わにしてギルベルトと距離を取ります。

「今さら何を？　私と行くからここに来てくれたんでしょう」

わたくしはギルベルトを睨みつけます。

「わたくしのためじゃなく、ご自分のためでしょう？」

「何がです？」

「周りを振り回しているとき、楽しかったんでしょう？　思い通りに動かせて、さぞ気持ちよかったでしょうね。わたくしを手に入れるというのはただの大義名分《たいぎめいぶん》で、あなたは自分の快楽のために行動していたにすぎません」

「なぜ、そんな酷いことを言うんです？　私ほど聖女様に尽くしてきた者はいないというのに」

「あなたの人生がどんなものだったのか興味はありません。でも、あなたが欲しかったものが、聖女でもわたくしでもなかったことは分かります」

ギルベルトの顔付きが変わります。

「……いくらエルヴィラ様でも許しませんよ？　私の聖女様への想いを冒涜《ぼうとく》することは」

「はら」

わたくしは作り笑顔で言いました。

「やっぱりあなたが見ているのはわたくしじゃない」

わたくしは今なお塔に閉じ込められているアレキサンデル様を思い出します。

「あなたは、自分自身に振り回されているだけです」

「黙れ！」

ギルベルトはわたくしに飛びかかろうとしました。ですがその寸前で。

「……ひぃ！」

いつの間にか背後に忍び寄っていたルードルフ様の剣によって、首筋に血が流れます。

「動くな」

ルードルフ様が言いました。

「こここここ皇太子？　どこから？」

ルードルフ様はそれには答えず、剣をさらに押し込みます。

「い、痛い！　痛い！　やめてくれ」

「動くなと言っただろ？」

「どどどうしてここが……鍵は閉まっているのに」

「お前の通ってきた通路を通ってきた。それだけだ」

ここの隠し通路の存在を推測したのはシャルロッテ様でした。

――この設計図とこの設計図、時代が違うから見過ごされているけど、矛盾があるわ。あとから通路を作ったんだと思う。

そんな大量の本をよくぞこの短時間で読み込めたというほど細かい解説付きの手紙を受け取ったのは、エメリヒさんがわたくしたちのところに来たあの日でした。

「ギルベルト」

わたくしは、今にも剣を突き立てられそうになっているギルベルトに言いました。

「わたくしは今、聖女でも皇太子妃でもなく、ただのエルヴィラとしてここにいます。ただのエルヴィラとして——あなたが許せない」

「意味が分からな……痛い！　痛いです！」

ルードルフ様が容赦なく剣を食い込ませます。

「現実を見ろ。今お前は剣を突きつけられている。それが答えだ」

「現実……」

ぽかんとしていたギルベルトですが、わたくしを見つめてふわっと笑いました。

「そうですね……エルヴィラ様が……初めてギルベルトと呼んでくださいました……」

「そうじゃない」

「痛い痛い痛い痛い！」

ルードルフ様に剣先を近づけられ、ギルベルトは悶絶《もんぜつ》します。

「あなたをギルベルトと呼んだのは」

わたくしは誤解を解いておきたく前に出ました。

「あなたはもうショール商会長ではないからです」

「……は？　何を？　エルヴィラ様」

ルードルフ様が補足しました。

「ショール商会も取りつぶしが決まっている。お前はこれから裁判にかけられる。余罪がたっぷりありそうだから、じっくりと追及してやる」

「え？　だって私は天に味方……」

「気のせいだ」

「え？」

「誰も言ってくれないなら、私が言ってやろう。お前が今まで上手いことやれていたのは、ただの偶然だ」

「偶然？　ははっ」

ギルベルトは乾いた笑い声をあげて、呟きます。

「そんなわけない……そんなわけない……そんなわけ……」

「牢屋でじっくり考えろ」

そのとき、背後の通路から騒がしい足音が聞こえてきました。

「ここか！」

「よし突入せよ！」

「殿下！　時間通り、参りました！」

クリストフをはじめ、大勢の騎士たちが扉を開けて中に入り、ギルベルトを取り囲みます。

「連れていけ！」

「はっ」

「こんなはずはない……私が失敗するわけ……」

取り押さえられながらギルベルトはずっと呟き続けています。

『そんな……そんなわけ……』

そのとき。

「エルヴィラ様！　ご無事でしたか！」

心配そうなローゼマリーが開け放たれた扉から入ってきました。

「そんなわけない！」

ローゼマリーの顔を見た瞬間、ギルベルトがバネ仕掛けのような素早い動きで、ポケットの中の瓶を取り出しました。

もしかしてファラート家に使った毒？　いけない！　と思ったわたくしが前に出るよりも先に、ギルベルトの高笑いが響きます。

「はーはっはっ！　ずっと濃く、長く苦しむやつだ！　お前、生意気で嫌いだったんだよ！」

クリストフが身を挺《てい》して、ローゼマリーを助けようとしました。ですが、クリストフがローゼマリーとギルベルトの間に滑り込む前に、ギルベルトは瓶を振り回し、そして――

「うわあああああ」

足を滑らせたギルベルトは自分でその瓶の中身の大半を浴びました。

「ローゼマリー、大丈夫か！」

「苦しい……苦しい……なんで私が……こんな目に」

のたうち回るギルベルトの足元には、空になった瓶が転がっていました。

わたくしとクリストフはローゼマリーに駆け寄ります。

「ローゼマリー！」

「あの……大丈夫です」

ローゼマリーはいつもと同じ様子で立っています。

「本当に？　ローゼマリー、どこか痛いとか気持ち悪いとか」

「いえ？　全然。どこも濡れていませんし」

「よかった……」

クリストフが絞り出すように言いました。

「そいつを縄で縛れ！」

「はい！」

ルードルフ様の命令で、その状態のギルベルトが後ろ手で縛られます。その間もわたくしは注意深くローゼマリーを調べました。そして、もしやと気付きます。

「ローゼマリー、息を止めて動かずに立っていてください」

素直なローゼマリーは言われた通りにします。わたくしは注意深くその首元からスカーフを外しました。

「やっぱり」

わたくしはスカーフを隅の床に置きました。液体がその表面にキラキラと小さな玉になっているのが分かります。

「このスカーフに、さっきの瓶の中身が吸い取られています」

「それって……」

ローゼマリーが思わずという調子で言いました。わたくしも頷きます。

「わたくしが贈ったスカーフでしたね」

「……奇跡です、エルヴィラ様……なんとお礼を言っていいのか」

「わたくしは何もしていませんよ」

「いいえ、エルヴィラ様のスカーフのおかげで助かったんです！　このご恩は一生忘れません！」

泣きそうになるローゼマリーをクリストフに託しながら、わたくしも内心はほっとしていました。ギルベルトは、自らが用意した毒に苦しみながら、収監されました。

◆◇◆◇◆

そして長い冬が始まりました。

シャルロッテ様の言った通り、本格的な冬の寒さにわたくしはめげそうになりましたが、皆の気遣いのおかげで結果的に暖かく過ごせています。ときには雪だるまの一歩手前くらい、もこもこと着込まされることがあるので大変なのですが。

雪に降り込められて外に出ることが難しいので、ルードルフ様と部屋で過ごすことが多くなりました。

「そういえばルードルフ様、今日、レオナさんから手紙をいただきました」

レオナさんにいただいたカルネの蜂蜜漬けをお茶に入れて飲みながら、そんなことを話します。今となっては貴重なものとなったそれを一度はレオナさんに返そうとしたのですが、お礼として渡したのだからと受け取ってもらえなかったのでした。

わたくしは手紙をもう一度広げながら、ルードルフ様の隣で読み直します。

「レオナさん、もうすぐ退院できるそうです」

カルネの蜂蜜漬けのお茶をお代わりしたルードルフ様が頷きました。

「思ったよりも早いな。アカデミーの病院は優秀だ」

「本当ですね」

しばらく宮廷医に見てもらっていたレオナさんでしたが、エメリヒさんが面倒を見るからとアカデミーの病院に移ったのです。

「春になったらラザル領に2人で行って、エラ夫人に挨拶するそうですわ」

「そしたらいよいよ結婚か？」

「どうでしょう、そこまではっきりは書いていないのですが、お2人とも研究にのめり込んで結婚のことを忘れている気もします」

「カルネの木は本当に残念なことをしたな。帝国にとっても損失だ」

ルードルフ様の呟きにわたくしも目を細めます。

あのとき、アーベルさんを追いかけてファラート領に向かった者たちの話によると、カルネの木は本当に全部枯れていたそうです。

アーベルさんは、一番大きいカルネの根元で絶命していました。ギルベルトの毒のせいか、病弱だったせいかは分かりません。

「コンスタンツェ夫人は……」

「まだ裁判中だが、有罪は免《まぬが》れない」

「そうでしょうね……」

「いくらギルベルトに唆されたと言っても、ファラート伯爵とレオナ嬢に毒を盛っていたんだから重罪だ。アーベルには盛っていないと言っていたが本当かどうかも分からないな」

「そもそもの発端は、夫人とギルベルトが手を組んだことから始まったんですものね」

「ああ。ギルベルトは人の弱みにつけ込む才能だけはあったようだ。ろくでもないな」

「……カルネの新しい可能性が見つかったのはよかったですわ。レオナさんのおかげですね」

レオナさんが自分だけ毒の効きが悪かったのは、カルネの効能ではという仮説を打ち出しました。魔を払うと言われていたカルネ。もしかして解毒効果があったのを昔の人は経験で知っていたのかもしれません。

「だが、カルネが枯れていなければその研究も手早く進んだろうに」

「レオナさんなら、いつかきっとカルネを蘇らせますわ」

レオナさんはわずかに残った種からカルネを育てるつもりだと、手紙にありました。

「何年かかることか」

「それでも元に戻るなら、時間をかける甲斐があります」

「ギルベルトの罪もどんどん明るみになってきている。命に別状はなかったが、自分が浴びた毒の後遺症にずっと苦しんでいるそうだ」

「ギルベルトはそれを使って大勢の人を苦しめてきたのですよね……」

ルードルフ様は頷きました。

「馬鹿が権力と力を持つのは、恐ろしいな。だが他人事《ひとごと》ではない。私たちも常に自分を戒《いまし》めないと」

ルードルフ様の言葉にクラウディア様とのいつかのお茶会を思い出しました。

――意識的に自分の本音を捕まえておかないと、立場がしゃべっているだけの空っぽの人間になってしまうのよ。

――それはとても恐ろしいことよ。特に私たちのような権力のある人間にとっては。

「……本当に」

「まあ、エルヴィラは大丈夫だが」

「そんなことないですわ。甘やかさないでください」

するとルードルフ様はわたくしをぎゅっと力強く抱きしめました。

「ルードルフ様？」

「カルネの木が枯れたときのアーベルの動揺を見て、思ったんだ」

「何をですか？」

「全部なくなってから後悔してはいけないと」

「なんの話ですか？」

わたくしが尋ねると、ルードルフ様が思い切ったように告げました。

「エルヴィラ、情けないことを言うようだけど、皇太子でも何でもないただの私として言わせてくれるかい」

それは、今までに聞いたことのないルードルフ様の声でした。

「……もちろんです」

ルードルフ様は続けます。

「ときどき、エルヴィラがいなくなったらどうしようと思うときがあるんだ」

驚いて顔を上げると、どこかしょんぼりした表情のルードルフ様と目が合います。

「いなくなりませんわ」

「分かっている。分かっているんだけど、心のどこかで不安なんだ。大切すぎて」

「……それなら」

わたくしもルードルフ様に抱きつき返します。

「わたくしも同じです」

「まさか、エルヴィラも？」

わたくしは頷き、小さい声で言いました。

「わたくしがただのエルヴィラになったとしても……ずっと隣にいてください」

「もちろんだ！　もちろんだよ！　言ったじゃないか。どのエルヴィラもエルヴィラだって」

ルードルフ様の声は大きく、わたくしは思わず笑ってしまいます。

「次の冬も、その次の冬も、ずっと一緒に雪を見よう」

「はい」

「春も夏も秋も、もちろん全部」

わたくしはくすくす笑って頷きました。体勢を立て直して2人で座り直します。

「春になれば1年だ」

「そうすれば次は『乙女の百合祭り』ですね」

ゾマー帝国の長い冬はもう少し続きますが、その後の楽しみもまだまだ続くことにわたくしは安堵しました。

「カルネは枯れてしまったけれど、レオナさんとエメリヒさんならきっと新しい芽を育ててくれますね」

「ああ」

そのときはそんなに遠くではない気がして、わたくしはカルネの蜂蜜漬けのお茶に手を伸ばします。甘くて、優しい味でした。

あとがき

この度は『王妃になる予定でしたが、偽聖女の汚名を着せられたので逃亡したら、皇太子に溺愛されました。そちらもどうぞお幸せに』の3巻を手に取っていただき、誠にありがとうございます。作者の糸加と申します。

皆様の応援のおかげで書き下ろし3巻の発売となりました！

時間軸としては2巻の続き、結婚後、ゾマー帝国で初めての冬を迎えるエルヴィラと、そんなエルヴィラをさらにさらに溺愛するルードルフのお話です。

ルードルフの過保護とも言える溺愛加減は、はま先生の描いてくださった表紙からも読み取れると思います！

エルヴィラが寒くないように、マントで包もうとしているルードルフ！　過保護が過ぎるぞ！　いいぞ！　対するエルヴィラの恥じらうような表情は、本当に可愛らしいですよね。はま先生、いつも素敵なイラストをありがとうございます！

今回は、ゾマー帝国中心のお話になります。『恥ずかしがり屋の聖女様の聖誕祭』に初参加するエルヴィラですが、ご存知の通りとても真面目な性格なので、聖女としての自分と皇太子妃としての自分をきちんと分けようと考えます。

ですが、そんなエルヴィラの努力を無にするかのように、エルヴィラをひたすら「聖女」として執着する人物が現れ、ルードルフの側妃候補が登場し、「新聖女」まで出現します。エルヴィラとルードルフはそれらに振り回されることになるのですが、二人の仲はなにがあっても壊れることはないので、そこはどうぞ安心して読み進めてください。

いろいろと思い悩むエルヴィラに、「どのエルヴィラもエルヴィラだ」と言ってのけるのがルードルフです。

難しいことはさておいて、仲の良い二人の様子を楽しんでいただけたらと思います。

今回は何人か新キャラが登場するのですが、彼らもはま先生の素敵なイラストで描かれています。どのキャラも本当に素敵なので、お楽しみいただけることと思います！　ひゃっほう！

エルヴィラとルードルフのその後をお届けすることができて本当に感謝します。

ウェブ連載のときから見守ってくださる読者様をはじめ、この作品に関わってくださったすべての方々に心からお礼申し上げます。

イラストを描いてくださったはま先生、コミカライズを担当してくださるコロポテ先生、とてもとてもお世話になった担当編集者様、ツギクルブックスの皆様、出版、デザイン、流通等で関わってくださったすべての皆様、支えてくれた家族と友人、仲間たち。癒しをくれる愛犬。

そして、この本を手に取ってくださった読者様。

ありがとうございます。またお目にかかれて、とても幸せです。

どうぞ楽しんでいただけますように。

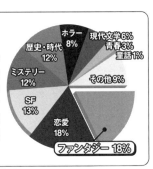

ちっさい俺の
巻き込まれ
異世界生活
1～3
著 ぬー
イラスト こよいみつき
2023年 6月、
最新 4巻発売予定！
異世界転生したら幼児になっちゃいました!?
コミカライズ
企画進行中！
ちっさい俺でも
異世界を楽しんでいい？
巻き込まれ事故で死亡したおっさんは、幼児ケータとして異世界に転生する。聖女と一緒に降臨したということで保護されることになるが、第三王子にかけられた呪いを解くなど、幼児ながらに次々とトラブルを解決していく。
みんなに可愛がられながらも異才を発揮するケータだが、ある日、驚きの正体が判明する——
ゆるゆると自由気ままな生活を満喫する幼児の異世界ファンタジーが、今はじまる！
定価1,320円（本体1,200円＋税10%） ISBN978-4-8156-1557-4
ツギクルブックス
https://books.tugikuru.jp/

著：斯波
イラスト：くろこだわに
瀕死の王子を薬釜で煮て
国外追放された聖女ですが、
後悔も反省もしていません。
ただいま聖女休業中！
王子を煮た薬釜は置いて
新世界の旅へ！
「大聖女フーリアを国外追放とする」
高らかに宣言されたのは、第一王子クロードが一命を取り留めた後のこと。瀕死の王子を助けるべくフーリアがとった行動は、王子を薬釜に入れて煮込むという方法だったのだ。平民出身のフーリアを大聖女の席から引きずり下ろす機会をうかがっていた貴族たちは、この機会を見逃すはずがない。フーリアは異議を唱えずに国外追放を受け入れ、養父母の墓参りのために遠い国を目指すことにしたのだが——。
追放された大聖女がもふもふと旅するハッピーエンドファンタジー、開幕！
定価1,320円（本体1,200円＋税10%）
978-4-8156-1851-3
ツギクルブックス
https://books.tugikuru.jp/

追放悪役令嬢の旦那様
著／古森きり
イラスト／ゆき哉
1〜6
「マンガPark」（白泉社）で
©HAKUSENSHA
コミカライズ
好評連載中！
謎持ち悪役令嬢
第4回ツギクル小説大賞
大賞受賞作
規格外の旦那様と辺境ライフはじめます!!!
卒業パーティーで王太子アレファルドは、
自身の婚約者であるエラーナを突き飛ばす。
その場で婚約破棄された彼女へ手を差し伸べたのが運の尽き。
翌日には彼女と共に国外追放＆諸事情により交際0日結婚。
追放先の隣国で、のんびり牧場スローライフ！
……と、思ったけれど、どうやら彼女はちょっと変わった裏事情持ちらしい。
これは、そんな彼女の夫になった、ちょっと不運で最高に幸福な俺の話。
定価1,320円（本体1,200円＋税10%）
ISBN978-4-8156-0356-4
ツギクルブックス
https://books.tugikuru.jp/

―奈落の底で生活して早三年、
当時『白魔道士』だった私は
『聖魔女』になっていた 1~4
著 tani
イラスト れんた
実を言うと私、3年ほど前から
ダンジョンの最下層で暮らしてます！
コミカライズ企画進行中!
幼馴染みで結成したパーティーから戦力外通告を受け、ダンジョン内で
囮として取り残された白魔道士リリィ。強い魔物と遭遇して、
命からがら逃げ延びるも奈落の底へ転落してしまう。そこから早三年。
『聖魔女』という謎の上位職業となったリリィは、奈落の底からの脱出を試みる。
これは周りから『聖女』と呼ばれ崇められたり、
『魔女』と恐れらたりする、聖魔女リリィの冒険物語。
1巻：定価1,320円（本体1,200円＋税10%） ISBN978-4-8156-1049-4
2巻：定価1,320円（本体1,200円＋税10%） ISBN978-4-8156-1463-8
3巻：定価1,430円（本体1,300円＋税10%） ISBN978-4-8156-1655-7
4巻：定価1,430円（本体1,300円＋税10%） ISBN978-4-8156-1814-8
ツギクルブックス
https://books.tugikuru.jp/

ツギクルブックス

愛読者アンケートに回答してカバーイラストをダウンロード！

愛読者アンケートや本書に関するご意見、糸加先生、はま先生へのファンレターは、下記のURLまたは右のQRコードよりアクセスしてください。

アンケートにご回答いただくとカバーイラストの画像データがダウンロードできますので、壁紙などでご使用ください。

https://books.tugikuru.jp/q/202302/niseseijo3.html

本書は、「小説家になろう」（https://syosetu.com/）に掲載された作品を加筆・改稿のうえ書籍化したものです。

王妃《おうひ》になる予定《よてい》でしたが、偽聖女《にせせいじょ》の汚名《おめい》を着《き》せられたので逃亡《とうぼう》したら、皇太子《こうたいし》に溺愛《できあい》されました。そちらもどうぞお幸《しあわ》せに。3

2023年2月25日　初版第1刷発行

著者　糸加《いとか》

発行人　宇草 亮
発行所　ツギクル株式会社
〒106-0032　東京都港区六本木2-4-5
TEL 03-5549-1184
発売元　SBクリエイティブ株式会社
〒106-0032　東京都港区六本木2-4-5
TEL 03-5549-1201

イラスト　はま
装丁　株式会社エストール

印刷・製本　三松堂株式会社

ISBN978-4-8156-1913-8
Printed in Japan